식스틴

서해문집 청소년문학 031

초판 1쇄 발행 2024년 6월 10일

지은이 　 노수미 김소정 신현정 고수진 정경원
펴낸이 　 이영선

편집 　 이일규 김선정 김문정 김종훈 이민재 이현정
디자인 　 김회량 위수연
독자본부 　 김일신 손미경 정혜영 김연수 김민수 박정래 김인환

펴낸곳 서해문집 | 출판등록 1989년 3월 16일(제406-2005-000047호)
주소 경기도 파주시 광인사길 217(파주출판도시)
전화 (031)955-7470 | 팩스 (031)955-7469
홈페이지 www.booksea.co.kr | 이메일 shmj21@hanmail.net

ISBN 979-11-92988-73-3 43810

서해문집
청소년문학
031

씩스틴

노수미
김소정
신현정
고수진
정경원

서해문집

| 차례 |

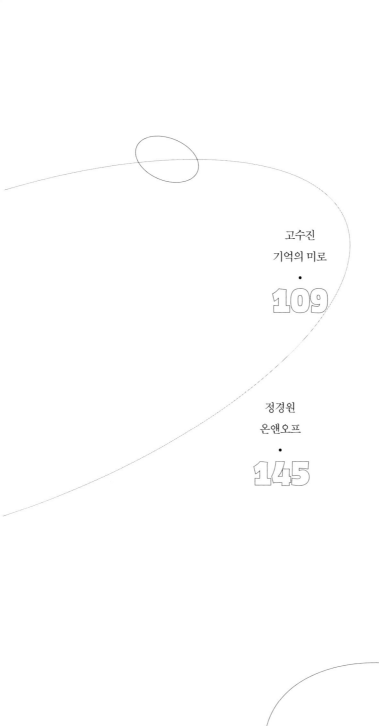

DD로맨스

노
수
미

"태양계의 모든 행성은 태양의 자전 방향으로 공전을 해. 비슷한 사람끼리 친구가 되는 것처럼 우주도 같은 원리가 작동하지."

항두가 지니에게 홀로그램으로 행성의 원리를 설명하기 시작했다. 지니의 눈앞에 항두가 전송해 온 영상이 재생되었다.

지니는 태양계의 행성과 그 위성들이 하나같이 태양을 중심으로 똑같은 방향으로 돌아가고 있는 걸 보며 무심결에 말했다.

"행성도 끼리끼리 사귀나 보지?"

지니는 자신이 '끼리끼리'라는 단어를 쓴 게 멋쩍어 슬쩍 웃어 보였다. 홀로그램으로 지니를 바라보던 항두가 눈살을 찌푸렸다.

"'비슷한 성향'이라고 해야지. 과거의 정돈되지 못한 언어는 효율적인 결론을 내는 데 방해만 될 뿐이야."

항두가 딱딱한 말투로 지적했다.

"또 시작이야. 알았어. 그만해."

지니가 볼멘소리로 대답했다.

항두는 늘 그렇다. 과학적이고 이성적이고 논리적인 것만 옳다고 생각한다.

항두가 다시 행성들을 하나씩 가리키며 설명하기 시작했다. 하지만 이미 지니는 듣을 마음이 사라져 버렸다. 눈앞에 천천히 돌고 있는 행성들처럼 지니의 마음도 공부에서 조금씩 벗어나고 있었으니까.

그때였다.

항두의 방 안을 비추던 홀로그램 영상에 항두 동생 연두가 나타났다. 연두를 보고 반갑게 인사하려던 지니는 연두가 소리를 버럭 지르자 자기도 모르게 몸을 움찔했다.

"오빠! 그게 사실이야?"

연두가 항두를 바라보며 소리 지르듯 물었다.

"뭔데?"

항두가 도무지 모르겠다는 듯 어깨를 으쓱하는 게 지니의 눈에 보였다.

"DD로맨스에서 연락이 왔어? 진짜로 오빠랑 95퍼센트 일치하는 여자애가 나타났냐고?"

지니는 연두의 말에 입을 쩍 벌리고 말았다. DD로맨스라고?

"잠깐만!"

지니가 갑자기 항두와 연두의 대화에 끼어들었다.

"DD로맨스라면 DNA랑 빅데이터를 분석해서 연인을 찾아 주는 그곳?"

"응."

항두는 아무 감정이 느껴지지 않는 목소리로 답했다. 지니의 심장이 빠르게 쿵쾅거렸다. 다른 사람은 몰라도 항두가 그럴 줄은 몰랐다.

"박항두!"

지니가 항두 이름을 거칠게 불렀다. 연두랑 아웅다웅하던 항두의 얼굴이 홀로그램 가득 나타났다.

"너, 설마 거기에 머리카락이랑 입속 상피세포를 보낸 거야? 빅데이터 수집 허락도 하고?"

"어."

항두는 지니를 향해 어깨를 으쓱해 보였다. '그게 뭐 어때서?'라는 뜻이었다.

"단지 DNA와 빅데이터가 일치한다고 해서 아무나 만나면 안되지."

지니는 '아무나'라는 단어를 힘주어 말했다.

"아무나가 아니야. 나처럼 행성 연구소의 예비 연구원이 되는 게 목표인 아이야. 같이 공부하면 시너지 효과도 생기겠지. 완벽하지는 않아도 유전자랑 빅데이터가 거의 비슷하니 맞춰 가느라 고

생할 필요도 없고."

"너, 행성 연구소에 들어가기 전까지 연애는 안 한다고 했잖아!"

"생각이 바뀌었어."

"왜?"

"지난달에 너랑 같이 '디지털 트레이너' 과정을 밟는 남자애가 사귀자고 했다며. 내가 연애하면 우리가 더블데이트도 할 수 있잖아. 더 재밌을 것 같기도 하고."

지니는 항두의 반응에 숨이 턱 막혔다. 항두가 질투했으면 싶어서 한 말이었는데 항두는 질투는커녕 더블데이트라는 꿈에 부풀어 있는 게 아닌가.

이렇게 묻는 지니의 얼굴빛이 점점 어두워져 갔다.

"그럼 그 애랑 사귈 거야?"

"왜? 내가 연애하는 게 싫어?"

"싫기는. 세 살 때부터 친구인 네가 여자 친구를 사귄다니 얼마나 기쁜지 모르겠다. 그런데 어쩌니? 나는 그 애가 너무 불쌍하네. 만날 때마다 과학 이야기만 할 텐데 그 시간이 얼마나 고통스럽겠니?"

항두가 피식 웃었다.

"지니야. DD로맨스는 허술한 회사가 아니야. 어젯밤 자정 기준으로 전 세계 데이트 앱 평가에서 빅데이터 수집 정확도 98.72퍼센트, 데이트 성공률 93.99퍼센트, 사용자 만족도 평가에서 이미

245일 전부터 1위를 달리고 있고, 또….”

“됐어!”

지니가 홀로그램을 확 꺼 버렸다. 빛이 사라진 방 안을 어둠이 메우고 있었다.

“선팅 해제.”

지니의 말에 검은색이던 창문이 다시 자연의 색으로 돌아왔다. 하지만 지니의 마음은 별 하나 없는 어둑한 밤하늘 같기만 했다.

＊

침대에 누운 지니가 이불을 발로 확 차 버렸다. 지니의 체온과 방 온도, 습도에 맞춰 자동으로 발열하는 이불은 바닥과 닿는 면의 적정 온도를 맞추기 위해 초록 불과 빨간 불을 여러 번 깜빡였다. 이불까지 자신과 맞는 온도를 찾기 위해 노력하는 게 꼴 보기 싫었다.

‘이게 다 저출생 때문이야.’

그랬다. 합계 출생률이 0.2명 이하로 떨어지자, 나라에서는 뒤늦게 이 문제를 해결하기 위해 천문학적인 돈을 연구 개발비에 쏟아부었다. 그리고 만들어 낸 것이 국가가 인증하는 다양한 데이트 상대 맞춤형 앱이다. 이 앱들을 통해 나에게 딱 맞는 상대를 찾아서 데이트하게 되면 나라에서 데이트 비용까지 준다.

이런 시도를 하는 이유는 과오에 대한 반성 때문이었다. 몇십 년 전까지만 해도 10대와 20대는 대학 입시와 취업 공부에 쏟아부어야 하는 시기라고 사람들은 생각했고, 그 결과 연애는 해서는 안 되는 행동으로 치부되었다. 그 때문인지 역사상 가장 연애에 관심 없는 세대가 출현했고, 그 대표적인 사람이 바로 항두였다.

항두는 언제까지나 모태 솔로일 거라고 연두는 생각했다. 그리고 살짝 안심도 했다. 항두가 늘 그 자리에 그 모습대로 있어 줄 거로 생각했는데 항두가 이렇게 발등을 찍어 버릴 줄이야.

'누군지 알아내야겠어.'

지니는 귀에 식립한 소형 컴퓨터 '톡톡이'를 살짝 건드렸다. 시스템이 활성화되었다.

"연두한테 연락해 줘."

"데이터상으로 지인 중 연두 님이 두 분 계십니다. 박연두 님과 정연두 님이요. 둘 중 어떤 연두 님인가요?"

"항두 동생 연두 말이야."

톡톡이는 바로 박연두에게 연락했다. 연락이 닿자 바로 컴퓨터에 달린 렌즈를 통해 연두의 모습이 홀로그램으로 나타났다. 지니는 연두의 모습이 보이자마자 다짜고짜 물었다.

"거기가 어디야?"

"뭐가?"

"항두 데이트 장소!"

지니가 소리를 버럭 질렀다.

"나도 몰라! 언니는 왜 소리부터 지르고 그래!"

"어떤 애인지 알아? 아는 거 빠짐없이 말해!"

"모른다고!"

연두가 짜증을 꽉 냈다.

"박연두! 내가 너, 틴틴 머니 쏴 준 게 얼만데."

"나도 진짜 모른다고! 그렇게 궁금하면 오빠한테 직접 물어봐."

연두가 컴퓨터를 확 꺼 버렸다. 지니가 다시 연결을 시도했지만 "박연두 님이 연결을 거절하였습니다"라는 말만 흘러나왔다.

"이걸 그냥!"

지니의 입에서 다시 항두가 싫어하는 정돈되지 못한 단어가 흘러나왔다. 하지만 지금 지니는 물불 가릴 때가 아니었다. 어떻게든 항두의 데이트를 막아야 했다.

지니는 양손으로 머리를 헝클었다. 지금 무엇을 해야 할까?

"그래! 정면 돌파야!"

지니가 주먹을 불끈 쥐더니 귓불 안 톡톡이한테 말했다.

"DD로맨스 청소년 로맨스 센터로 가는 택시 좀 예약해 줘."

톡톡이가 예약 완료를 알리자 지니는 화장대 위에 설치된 오토 메이크업에 얼굴을 들이밀었다. 얼굴 전체를 감싸는, 동그란 거울 처럼 생긴 오토 메이크업은 화장을 원하는 사람이 얼굴을 가져다 대면 명령대로 화장을 해 주는 기계다.

"완전 강해 보이는 스타일로 해 줘."

지니의 말에 오토 메이크업은 "처음 해 보는 스타일인데 괜찮으시겠어요?"라고 되물었다.

"지금 시간이 없어! 빨리!"

지니가 버럭하자 오토 메이크업은 노즐을 미세하게 이리저리 줄였다 늘렸다가 하더니, 지니의 얼굴에 화장액을 분사하기 시작했다. 잠시 후 지니는 지구를 향해 돌진하는 혜성처럼 붉은 눈꼬리를 하고는 성큼성큼 집 밖을 나섰다.

*

DD로맨스 청소년 로맨스 센터는 생각보다 가까웠다.

"강지니 님. 이쪽으로 오세요."

입구에 서 있던 안내 로봇이 지니를 불렀다. 지니는 성큼성큼 걸어가 '고객 대응실'이라고 적힌 문 앞에 섰다. 문에 달린 센서가 지니의 귀에 식립된 컴퓨터를 다시 한 번 스캔했다. 그리고 신원확인에 성공했다는 표시로 초록색 동그라미를 번쩍였다.

"보안이 철저하네요."

지니는 로봇한테 쓴웃음을 지어 보였다. 로봇은 지니가 그러거나 말거나 무표정한 얼굴로 고객 대응실 안으로 안내했다. 방 안에는 커다란 회의용 테이블과 여러 개의 의자가 있었는데, 한가운데 존재감을 드러내며 누군가 앉아 있었다.

"반갑습니다. 강지니 님. 청소년 로맨스 센터의 센터장을 맡고 있는 앙드G입니다."

얼굴에 밀가루를 사정없이 뿌려 댄 듯한 하얀 피부에 시뻘건 입술, 핫핑크색 슈트를 입은 이 사람이 DD로맨스의 직원이라고? 그것도 청소년 로맨스 센터장? 지니는 앙드G라는 사람의 정체가 의심스러웠다. 지나가는 사람 아무나 데려다 놓은 게 아닐까, 싶을 만큼 프로의 분위기는 1퍼센트도 나지 않았다.

지니는 아무 의자에나 대충 앉았다. 의자는 지니의 몸에 맞춰 높이를 자동으로 낮췄다.

"아까 입구에서 이곳에 왜 왔는지 다 이야기했어요."

앙드G가 고개를 끄덕이며, 넘겨받은 자료를 다시 한 번 확인했다.

"박항두 님의 데이트 상대를 알고 싶으시다고요?"

지니는 고개를 크게 끄덕였다.

"그건 안 됩니다!"

"알려 줄 수 없다고요?"

지니가 의자에서 벌떡 일어서더니 양손을 테이블 위에 퍽, 내려쳤다. 그 순간 사방에 숨겨져 있던 3D 카메라들이 뱀처럼 길게 늘어나면서 지니의 머리부터 발끝까지 스캔하기 시작했다.

"뭐야? 이거!"

지니가 양팔을 휘저으며 카메라들을 내쫓았지만 역부족이었다. 지니가 허우적대는 걸 재미있게 쳐다보던 앙드G는 한쪽 입꼬리를 올리며 말했다.

"저희의 기물을 파손하고 있는 범죄자의 인적 사항을 모으는 것은 합법이지요."

그러면서 상체를 좀 더 앞으로 굽혀 지니 쪽으로 몸을 살짝 기울이더니 "5초 내로 자리에 앉으시면 방금 수집한 데이터는 삭제하겠습니다"라고 속삭이듯 말했다. 지니는 미간을 찌푸리며 앙드G를 노려봤다. 하지만 어쩌겠는가. 지금은 이 문제부터 해결해야 하니까.

뭐, 처음 이곳을 방문한 지니를 높은 직위의 사람이 만나 주는 것에 대해서 감지덕지해야 한다는 말도 얼핏 들었다. 대부분은 DD로맨스 입구도 통과하지 못하는데 지니는 특별히 들여보내 준다는 보안 담당자의 구시렁대는 소리도 살짝 들렸으니까. 이유가 어쨌든, 특별대우라니 너무 큰 소동은 자제하는 게 좋을 듯했다.

지니는 한숨을 크게 내쉬고는 의자에 도로 앉았다. 카메라들이 순식간에 사라졌다.

지니가 의자에 앉아 몸을 한껏 뒤로 젖히자, 천장에서 3D로 번쩍거리는 글자들이 나타났다.

거시적인 것은 DNA로, 미시적인 것은 빅데이터로

유전자로 인연을, 데이터로 데이트를

지니는 이 문구를 보며 코웃음 치다가 다시 앙드G를 바라봤다.

"좋아요. 그럼…."

지니가 양손을 뒤통수에 대고 잠시 얼굴을 찡그리더니 말했다.

"항두랑 매칭되었다는 애의 이름만 말해 줘요. 세상에 이름이 똑같은 사람은 많으니까 그런 것 정도는 알려 줄 수 있잖아요?"

"지니 님. 아까부터 반복해서 말씀드렸습니다. DD로맨스는 고객님의 정보 보호를 목숨처럼 생각합니다. 그 어떤 경우에도 유출은 없습니다."

앙드G는 '한 번만 더 물어보시면 강제로 쫓겨날 수 있습니다'라는 뉘앙스가 느껴지게 눈썹을 추켜세웠다.

"알았어요. 알았다고요!"

지니가 다시 한 번 테이블을 손바닥으로 철썩 때렸다. 저쪽에서 날아오는 카메라를 앙드G가 손가락 신호로 멀리 보냈다.

"그럼, 이것만 말해 주세요. 이것은 개인 정보가 아니니까 말해 줄 수 있지요?"

"뭐가 알고 싶은데요?"

"항두는 그러니까… 그 애가 맘에 든대요? 자기랑 95퍼센트 일치해서?"

"당연합니다. 유전자와 빅데이터가 이 정도로 비슷한데 어떻게 좋아하지 않을 수 있겠습니까. 서로 맞춰 가느라 시간을 낭비할 필요도 없고요. 지니 님도 이제 박항두 고객님에 대한 마음을 접는 게 어떨까요? 박항두 고객님이랑 지니 님은 저희의 빅데이터 분석 결과 일치율이 10퍼센트도 되지 않는 걸로 파악하고 있습니다."

"…."

지니는 놀라서 입을 쩍 벌리고 말았다.

"저를 아세요?"

"네. 저희는 박항두 고객님이 허락한 빅데이터로 분석합니다. 박항두 고객님이 접근을 허락해 주신 빅데이터를 통해 두 사람이 어릴 때부터 친밀한 관계를 유지해 왔다는 것도 알고 있습니다. 데이터 분석을 통해서 지니 님이 박항두 고객님을 아주 좋아한다는 것을 알 수 있었습니다. 제 말이 틀렸나요?"

지니는 앙드G의 말에 어깨를 움찔했다. 하지만 지고 싶지 않았다.

"데, 데이터에 그렇게 나와요? 내가 박항두를 좋아한다고요? 아, 아니에요. 그거 잘못된 거예요."

지니가 말을 더듬었다. 앙드G는 피식 웃더니 확신에 찬 말투로 말하기 시작했다.

"지니 님. DD로맨스는 연애라는 힘든 감정 노동에서 사람들을 해방했습니다. 내게 호감이 있는지 서로 탐색해 보는 과정, 나를 좋아하는지 감정을 떠보는 과정, 나랑 사귈 것인지 물어보는 그 가슴 떨리는 과정을 우리는 모두 삭제했습니다. 시간도 절약하고 감정 에너지도 아껴서 자기 계발을 위한 에너지로 쓸 수 있으니 얼마나 좋습니까. 지니 님처럼 자신을 좋아하지도 않는 남자애를 짝사랑하느라 쓸데없이 에너지를 쓸 필요도 없고요."

지니의 두 눈동자가 순식간에 커다래지더니 떨리기 시작했다. 앙드G는 그럴 줄 알았다는 듯 지니를 더 몰아세우기 시작했다.

"지니 님! 이번 기회에 지니 님도 박항두 고객님에 대한 마음을 접고 지니 님한테 맞는 연애 상대를 사귀어 보면 어떨까요? 머리카락 한 올과 입안 상피세포만 있다면 내일 중으로 대략적인 윤곽이 나옵니다. 빅데이터 수집 동의만 해 주시면 사흘 안에 지니 님에게 딱 들어맞는 사람을 찾아드릴 수 있습니다."

지니는 갑자기 목이 꽉 막히는 느낌이 들었다. 항두 말고 다른 남자애를 사귄다는 건 상상해 본 적도 없었다.

"지니 님. 제가 지금 회원 한 명을 유치하려고 이런 말을 드리는 게 아닙니다. 지금은 연애도 가성비 및 효율성의 시대입니다. 특히 청소년 시기의 잘못된 연애는 독약입니다. 진로를 결정해야 하는 시기에 나랑 맞지 않는 사람과 연애하면 시간 낭비, 돈 낭비, 에너지 낭비만 있을 뿐입니다. 이런 때일수록 나와 잘 맞는 사람을 사귀어 시너지 효과를 내야지요."

지니의 심장이 쿵 내려앉았다.

"저랑 항두가 그렇게 안 맞아요?"

"흠. 정녕 모르고 계셨습니까?"

"물론 자주 싸우긴 했지만, 그래도 저는 항두가 저를 다른 여자 사람 친구랑은 좀 다르게 생각한다고 느꼈는데요. 저만의 착각인가요?"

"네. 지니 님만의 착각입니다. 박항두 고객님은 친구 이상의 감정이 아니랍니다."

심장에 비수를 찌른다는 게 이런 느낌일까? 지니는 갑자기 숨이 잘 쉬어지지 않았다.

"그래도 만약에, 만약에, 그러니까 물론 말도 안 되는 상상이지만, 천만분의 일의 확률로 제가 항두랑 사귈 수도 있잖아요."

지니가 마지막 자존심을 발로 꽉 누르며 간절하게 말했다.

"흠. 지니 님께서 원하시면 시뮬레이션을 한번 해 드리지요. 물론 유전자 정보 없이 AI가 분석한 빅데이터 결과물이기 때문에 완전히 정확하지는 않습니다만, 지금은 시간이 없으니 이런 것도 도움이 되겠지요. 제가 두 사람이 연애하면 어떤 결론이 날지 시뮬레이션해 드리겠습니다."

지니가 고개를 슬쩍 끄덕였다.

"그럼, 잠시 기다리세요. 저희가 빨리 분석해서 알려드리겠습니다. 여기 빅데이터 수집 및 이용에 동의해 주세요. 여기도, 그리고 또 여기도….''

앙드G는 홀로그램 동의서를 띄워 놓고 이곳저곳을 가리켰다.

홀로그램에 지니의 엄지손가락 지문이 스캔 되면서 하나하나 동의 표시가 늘어 갔다.

지니가 사전 동의를 끝내자, 앙드G는 직원에게 업무 지시를 했다. 항두와 지니의 빅데이터 일치율을 분석해 보라는 거였다.

"결과는 1시간쯤 후에 나온다고 합니다. 저는 다른 업무 때문에 더는 시간을 낼 수 없는데 어쩌지요?"

인제 그만 돌아가라는 뜻이었다. 지니는 결과가 나오기를 기다리겠다고 고집을 피울까, 하다가 그냥 일어섰다. 앙드G는 자신이 할 수 있는 최선의 친절을 베풀었으니까.

"저도 갈게요."

문 쪽으로 천천히 걸어 나가는 지니를 향해 앙드G가 명랑하게 말했다.

"지니 님. 결과가 별로 좋지 않더라도 실망하지 마세요. 저희 DD로맨스에 회원으로 가입만 하시면 지니 님에게 딱 맞는 사람을 제가 꼭 찾아 드릴게요."

지니는 입술을 앙다물었다. 문까지의 짧은 거리가 한없이 멀게만 느껴졌다.

*

집에 돌아온 지니는 말없이 침대에 누웠다. 몸을 이리저리 뒤척이며 생각해 봐도 지니가 할 수 있는 것은 아무것도 없었다.

'항두는 언제 데이트하는 걸까?'

그 생각만으로도 입안이 썼다. 하지만 항두를 막을 방법도 명분도 없었다.

한참을 멍하니 있는데, 앙드G가 보낸 메신저가 말을 걸었다.

"지니 님. 빅데이터 결과가 나왔습니다. 지금 안내해 드릴까요?"

지니는 침대에서 벌떡 윗몸을 일으켰다.

"네. 빨리요!"

"박항두 고객님과 강지니 님은 일치율이 3.0045퍼센트네요. 만약에 둘이 사귀게 되면, 1년 안에 헤어질 확률은 94.354퍼센트고요. 그중, 헤어질 때 원수가 되어 서로를 저주할 확률은 73.451퍼센트군요. 이건 뭐 사귀는 동안 저주 인형을 한 땀 한 땀 바느질하는 것과 비슷한데요."

소리가 나지는 않았지만, 앙드G가 웃는 듯한 느낌이 들었다.

"뭐라고요?"

지니가 벌컥 화를 냈다.

"죄송합니다. 제가 쓸데없는 말을 했네요. 이제 서로가 무엇이 다른지 상세하게 하나하나 분석해 드릴까요?"

"됐어요! 저도 잘 아니까요."

지니가 앙드G와의 메신저를 껐다. 그러고는 침대에 그대로 벌렁 누워 버렸다.

항두한테 여자 친구가 생기다니. 항두가 그 애와 밥을 먹고, 손을 잡고, 어깨에 팔을 올리고, 언젠가는 키스도 하겠지?

지니는 고개를 절레절레 흔들었다. 있어서는 안 될 일이었다. 하지만 지니가 할 수 있는 일은 없었다. 항두를 붙잡고 그 애를 만나지 말라고, 사실 너를 많이 좋아한다고 말하기에는 자존심이 허락하지 않았다.

멍하니 있는 지니를 향해 귓불 속 톡톡이가 말을 걸어 왔다.

"박항두 님께서 보내신 영상이 중단되어 시청이 완료되지 않았습니다. 이어 보기를 할까요?"

지니가 대답 대신 한숨을 푹 쉬었다. 톡톡이는 거절의 말이 없자 자동으로 중단되었던 부분부터 재생하기 시작했다.

허공에 태양계가 다시 나타났다. 행성들은 천천히 돌았다.

"자동으로 재생하지 마. 내가 하라고 하면 그때 하라고."

"영상을 중단할까요?"

"됐어. 끝까지 안 보면 네가 자꾸 말 걸 거잖아. 대충 볼 거니까 그냥 놔둬."

지니는 태양계 영상을 다시 힐끗 쳐다봤다. 다들 한결같이 같은 방향으로 자전과 공전을 하고 있었다.

"어떻게 다들 태양의 자전 방향으로 공전을 하냐? 한 녀석 정도는 반대 방향으로 공전해도 되잖아? 공전 방향까지 딱딱 맞아야만 태양이랑 함께 있을 수 있는 거야? 그게 진짜 자연의 섭리냐고?"

지니는 괜히 손끝으로 행성들을 툭툭 건드려 보았다. 억지로 방향을 바꾸고 싶었다. 하지만 영상 속 행성들은 이미 자신들의 운명은 결정되었다는 듯 한결같이 똑같은 방향으로 돌아가기만 했다.

지니는 행성을 하나하나 크게 늘려 보았다. 조그마하던 행성과 그 위성들이 지니가 손가락으로 늘리는 만큼 커다랗게 늘어났다.

그때 지니의 눈에 아주 작은 행성 하나가 눈에 들어왔다. 토성의 위성 중 가장 바깥쪽에 있는 거였는데 생긴 것은 고대인들이 쓰던 뗀석기 모양이었다. 그런데 그 위성은 도는 게 좀 이상했다. 지니는 홀로그램 화면을 더 확대했다.

'거꾸로 돌고 있잖아.'

지니의 입이 떡 벌어졌다. 지니는 그 행성을 클릭했다. 이름은 포에베. 토성의 위성이며 역주행하는 행성이었다.

지니의 심장이 벌렁대기 시작했다. 지니는 얼른 톡톡으로 연두에게 연락을 취했다. 연두가 이번에는 신호를 거절하지 않았다.

"언니! 이번에는 또 뭔데?"

연두가 불퉁거렸다.

"항두 지금 어딨어?"

"그걸 내가 어떻게 알아?"

"항두 톡톡이 위치 제공 서비스로 추적 가능하지? 넌 가족이니까 할 수 있잖아."

지니가 숨넘어갈 것처럼 연두에게 빠른 속도로 말을 쏟아 냈다.

"귀찮아!"

톡톡이 신호를 꺼 버리려는 연두에게 지니가 급하게 제안했다.

"내가 가진 틴틴 머니 몽땅 다 줄게. 그걸로 너 사고 싶은 것 다 사."

"진짜? 웬일이래? 하긴 우리 오빠가 데이트하러 나가서 언니 마음도 좀 그렇지? 나도 좀 싱숭생숭한데."

"뭐?"

지니의 눈앞이 캄캄해졌다.

"몰랐어? 오늘 밤에 유성 떨어지는 거 같이 구경한대. 그 일치율 95퍼센트인 여자애랑!"

지니 머리에 열이 확 올랐다.

"엄청 예쁘다던데!"

연두는 항두한테 들었다며 그 애의 외모를 설명하기 시작했다. 긴 머리에 하얀 피부, 성격도 좋다나. 끝도 없이 이어지는 연두의 말에 지니의 입안은 타들어 갔다.

"항두 어딨어? 아직 파악 안 됐어?"

"조금만 기다려 봐. 호호. 오늘 첫 데이트인데 우리 오빠 심장이 얼마나 두근거릴까? 손은 언제 잡을까? 분위기 보니까 곧⋯."

"야!"

지니가 소리를 버럭 질렀다.

"박연두! 당장 너희 오빠 어딨는지 찾아내. 만약 네가 알려 준

곳에 없으면 너는 내 손에 죽는다!"

지니의 입에서 나온 추상같은 말에 연두가 꼬리를 내렸다.

"알았어. 지금 위치 보냈어. 거기에 있을 거야."

✳

연두가 알려 준 곳은 갈대가 잔뜩 자라고 있는 호수 근처였다. 도심과 많이 떨어져 있어서 빛 공해를 피할 수 있고 하늘을 막는 건물이 없어서 유성우를 보기에 딱 맞는 곳이기도 했다.

지니는 갈대 사이에 몸을 숨기고는 조용히 앞으로 나아갔다. 어두워서 잘 보이지 않았지만, 항두처럼 생긴 아이와 그보다 작은 여자애의 실루엣이 보였다. 지니는 갈대 밖으로 고개를 빼꼼히 내밀고는 항두와 그 애를 유심히 바라봤다. 풀밭에 체크무늬 천을 깔고 나란히 앉은 뒷모습을 보니 둘이 잘 어울려 보였다.

"유전자가 비슷하면 저렇게 금방 친해지나?"

지니가 혼잣말로 중얼거렸다.

"뭐. 그럴 수도. 서로 맞추려고 싸울 필요가 없잖아."

등 뒤에서 들려오는 목소리에 지니는 심장이 떨어져 나갈 뻔했다. 지니가 고개를 돌리니 연두가 뒤에서 짠, 하고 웃으며 나타났다.

"넌 왜 왔어?"

"우리 오빠의 첫 데이트인데 당연히 보러 와야지."

연두의 얼굴은 웃음기로 가득했다. 하지만 연두와 달리 지니의 속마음은 타들어 갔다. 겨우 포에베 하나를 발견했을 뿐이니 말이다.

"계속 이러고 있을 거야?"

갈대 속에서 쭈그리고 있던 연두가 지니를 바라보며 물었다.

지니가 다리를 펴고 일어서는 순간, 갑자기 다리가 마비된 것 같은 느낌이 들면서 그만 고꾸라지고 말았다.

"아이고!"

"언니!"

지니와 연두의 입에서 거의 동시에 놀란 소리가 터져 나왔다. 이 소리에, 주변에 있던 사람들의 고개가 자동으로 바닥에 철퍼덕 누워 있는 지니 쪽으로 옮겨왔다.

"지니야!"

지니의 귀에 놀란 항두 목소리가 들렸다. 지니 얼굴이 새빨개졌다. 지니는 땅에 얼굴을 묻고 고개를 들지 않았다. 저쪽에서 황급히 달려오는 항두의 신발 앞코가 보였다.

"무슨 일이야?"

항두 목소리에 걱정이 가득 담겨 있었다. 지니는 벌건 얼굴을 보여 주고 싶지 않아 못 들은 척했다. 그러다가 슬금슬금 일어나서 옷에 묻은 흙을 천천히 털며 말했다.

"아니. 유성 보려고 왔다가 다리가 저려서…."

지니는 별거 아니라는 투로 말하려고 노력했다. 하지만 말투는 어떻게 조절한다 해도 떨리는 목소리까지 감출 수는 없었다.

"누구야?"

처음 듣는 목소리가 항두 바로 옆에서 들려왔다. 지니가 반사적으로 고개를 번쩍 들어 올렸다. 그 애의 목소리였다. 항두랑 DNA와 빅데이터가 95퍼센트 일치한다는 여자애.

"친구."

항두가 그 애를 바라보며 화성의 공기처럼 건조하게 답했다.

지니는 갑자기 머리끝에서 수증기가 분사되는 듯한 느낌이 들었다. 둘이 친구 사이인 것은 맞지만, 항두의 무미건조한 말투는 상당히 심기를 불편하게 했다. 둘이 친구로 지내 온 세월이 몇 년인가? 친한 친구도 아니고 겨우 친구?

지니가 고개를 확 쳐들었다.

"친구 아니야. 그냥 아는 사람이야."

그 말에 그 애는 무슨 말인지 모르겠다는 표정을 지었고 항두의 미간에는 주름이 잡혔다. 지니의 태도가 마음에 들지 않는 거였다.

"데이트하는 중인가 봐?"

"응. 데이트도 하고 페르세우스 유성우도 관측할 수 있잖아. 우리 둘 다 지식 습득과 관계없는 데이트 행위는 시간 낭비라고 생각하니까."

항두가 그러면서 슬쩍 그 애의 손을 잡았다. 지니의 두 눈이 휘둥그레졌다. 항두가 먼저 적극적으로 스킨십을 할 거라고는 상상도 하지 못했다.

"둘이 얼마나 잘 맞아?"

지니는 이제 얼굴에 묻은 흙이나 벌게진 얼굴 따위는 중요치 않았다. 대놓고 묻는 지니를 보며 항두가 별거 아니라는 듯 대답했다.

"매운 음식보다는 담백하고 몸에 좋은 음식 좋아하고, 공포 영화보다는 SF 영화 보는 것을 더 좋아하고, 좀비물 싫어하고 또…."

"됐어!"

지니가 말을 막았다. 더 들을 필요도 없었다.

입이 얼얼할 정도로 매운 거 좋아하고, 공포 영화 좋아하고, 좀비물이라면 밤새도록 이야기할 수 있는 게 지니니까.

"왜? 내가 뭐 잘못했어?"

"어! 했어!"

지니가 항두를 향해 버럭 소리를 질렀다.

"너! 틀렸어!"

"뭐가?"

"포에베가 있었어. 태양계의 모든 행성이 다 태양의 자전 방향으로 도는 게 아니야. 역주행하는 행성이 있다고!"

지니의 목소리에는 답답함과 간절함이 뒤섞여 있었다.

"그거 때문에 화난 거야? 내가 잘못 말해 줘서?"

"그래! 네가 잘못 말해서 화났다. 반대로 돌아도 수억 년 동안 토성이랑 포에베는 잘만 지내고 있다는 걸 왜 몰라? 그렇게 허술해서 어떻게 행성 연구원이 되겠어?"

갑자기 지니 눈에 눈물이 고이기 시작했다.

"너랑 내가 달라도 우리, 잘 사귈 수 있다고! 물론 지금처럼 자주 싸우겠지. 하지만 그래도 난 너랑 친구로만 있는 거 싫단 말이야!"

지니 눈에서 눈물이 볼을 타고 주룩 흘러내렸다.

"너, 지금 나한테 고백한 거야?"

항두가 입을 열었다.

지니는 창피해서 얼굴을 들 수 없었다. 항두 앞에서 이렇게 부끄러운 적은 처음이었다.

"그래! 고백했다! 됐냐? 어차피 너랑 딱 들어맞는 저 애랑 사귈테니 내 고백은 못 들은 걸로 해라!"

벌게진 눈을 한 지니가 고개를 들어 항두를 바라봤다. 눈물이 앞을 가려 항두 얼굴이 선명하게 보이지 않았다.

그때 항두의 고함이 들렸다.

"지니야! 피해!"

항두가 지니를 바닥 쪽으로 확 밀쳤다. 지니는 넘어지면서 또다시 얼굴을 땅에 박고 말았다.

팡!

땅이 울리면서 등 뒤의 호수로 뭔가가 떨어지는지 어마어마한 폭발음이 들렸다. 그와 동시에 커다란 물기둥이 하늘로 솟구쳤다. 운석이 호수로 떨어진 거였다. 그 자리에 있던 사람들 모두 그 충격으로 튕겨 나갔다.

팟!

물기둥이 만들어 낸 물 공격에 쫄딱 젖은 지니가 항두를 찾았다. 항두는 호수 근처에 쓰러져 있었다.

"항두야!"

그쪽으로 달려가던 지니는 순간 걸음을 멈췄다. 항두와 데이트하던 그 여자애가 항두를 온몸으로 감싸 안고 있는 게 아닌가. 심장이 녹아 버리는 느낌이었다.

"항두야! 괜찮아?"

"응. 너는 다친 데 없어?"

항두가 기침을 하며 지니 쪽으로 고개를 돌렸다. 그때 지니는 이상한 것을 보고 흠칫 놀랐다.

항두를 감싸고 있는 여자애의 팔 피부가 찢어진 게 아닌가!

"너, 다쳤….

하지만 지니는 그다음 말을 하지 못했다. 찢어진 피부 사이로 번쩍이는 티타늄이 보였으니까.

"너, 너… 로봇팔 이식받은 거야?"

지니의 목소리가 덜덜 떨렸다.

"아니. 나는 안드로이드야."

그 애가 덤덤한 목소리로 말했다.

"안드로이드? 사람이 아니라고?"

"맞아. 나는 DD로맨스 소속이야. 데이트 초보자에게 코칭을 하는 게 내 역할이야."

지니가 갑자기 항두의 등을 손바닥으로 철썩 치면서 호통을 쳤다.

"박항두! 이 곰탱아. 너 속았어. DD로맨스가 이런 안드로이드 로봇을 사람인 척하고 데이트에 내보낸 거라고. 네가 이렇게 물렁물렁하니까…."

"미안해. 지니야."

항두가 지니의 팔을 붙잡으며 말했다.

"…."

"내가 다 설명할게."

"…."

지니는 항두가 무슨 말을 하는지 하나도 알 수 없었다.

"이게 다 무슨…?"

당황한 지니가 말을 맺지 못했다.

"다 내가 계획한 거야. 삼촌한테는 내가 도와달라고 부탁했어. 저 애는 삼촌이 소개해 준 안드로이드야."

"삼촌이라니?"

"앙드G가 우리 삼촌이야."

지니는 입을 쩍 벌렸다.

"그럼 이게 다 가짜였어? 유전자가 같은 여자 친구를 소개받았다는 것도? 아니, 네가 DD로맨스에 회원 가입한 것도 모두 거짓이었어?"

"맞아. 내가 널 속인 거야."

지니는 그 자리에 그대로 얼어 버리고 말았다.

"왜! 왜 그랬는데!"

흥분해서 폭주하는 지니의 팔을 항두가 가까스로 붙잡으며 말했다.

"네 마음을 나도 확인하고 싶었어. 네가 날 진짜로 좋아하는지, 나와 진지하게 사귈 마음이 있는지 알고 싶었어. 그래서 일부러 DNA와 빅데이터를 더 믿는 척한 거야. 사실 일곱 살 때부터 널 좋아했어."

"뭐?"

지니는 입을 다물지 못했다. 좀 전에 창피함으로 붉어졌던 얼굴이 이제는 알 수 없는 열기로 후끈거렸다.

"우리 사귀자."

오랫동안 듣고 싶었던 말이 항두 입에서 드디어 나왔다. 지니가 먼저 고백하고 싶었지만, 항두의 마음을 몰라서 하지 못했던 그 말이었다. 지니의 심장이 빠르게 뛰었다.

"지금 대답해야 해?"

기쁘고 반가운 마음 사이로 불안함이 스멀스멀 기어들어 왔다.

"왜? 나랑 사귀기 싫어?"

"아니. 하지만 빅데이터 일치율이 너무 낮잖아. 포에베의 크레이터 봤지? 다른 애들이랑 공전 방향이 다르니까 자꾸 충돌해서 그렇게 움푹 파인 거잖아. 너랑 나도 그렇게 되면 어떡해? 맨날 싸우다가 서로에게 상처 주고 그러다가 영영 못 보는 사이가 되면 어떻게 하냐고?"

항두가 조심스럽게 다가와 지니를 살짝 안았다. 그리고 지니의 등을 토닥이며 말했다.

"유전자와 빅데이터가 서로 달라 미래에 헤어질 게 걱정된다면 그건 미래의 우리한테 맡기자. 싸우든 지지고 볶고 화해하든 미래의 우리가 알아서 하겠지. 지금은 네가 좋아. 그러니 우리 그냥 사귀자."

항두의 말에 지니의 두 눈이 커다래졌다.

논리적 언어 사용자인 항두가 이런 로맨틱한 말도 할 줄 아는 아이였단 말인가? 그런 지니의 생각을 읽었는지 항두가 말했다.

"'좋아하는 여자아이 앞에서 감성적으로 말하는 방법'을 작년부터 공부했어."

항두의 말에 지니는 풋, 하고 웃고 말았다.

"걱정은 포에베한테 넘기자. 포에베가 우리 대신 많이 깨지고 다치고 하면서 잘 헤쳐 나갈 거야."

"포에베가 우리의 걱정 인형이 되는 거야?"

"걱정 행성이 되는 거겠지."

지니는 어이가 없어서 항두의 머리를 마구 헝클어 댔다.

이 순간을 기다린 것일까? 연두가 슬쩍 다가오더니 둘 사이에 꽃다발을 들이밀었다.

"박연두! 너, 이거 뭐야?"

지니의 두 눈이 휘둥그레졌다.

"나도 오빠의 계획에 동의했어. 내 연기 어땠어? 괜찮았지?"

"나만 빼고 전부 한패였던 거야?"

"한패라니. 사랑의 메신저지."

항두가 지니에게 꽃다발을 건네며 말했다.

"넌 늘 내게 태양이었어. 지니야."

지니가 꽃다발을 받아 들고는 활짝 웃었다.

지니와 항두의 등 뒤로 유성우가 빛을 내며 떨어졌다. 그리고 잠시 후, 유성우가 사라진 밤하늘에는 수많은 행성과 항성이 걱정은 자신에게 맡기라는 듯 따뜻한 빛을 내며 지니와 항두를 지켜보고 있었다.

요즘 MBTI의 T와 F 성향 구분이 유행인 듯합니다. "속상해서 빵을 샀어"라는 말을 듣고 나오는 상대방의 반응을 보며 서로의 성향을 판단하는 것이지요.

제가 어렸을 때는 많은 사람이 혈액형과 성격이 직접 연결되어 있다고 믿었어요. 예를 들어, A형은 소심하다거나 B형은 자기중심적이라는 식으로요. 이러한 비과학적 사고방식이 시간이 흘러도 사라지지 않는 걸 보면, 사람들은 타인에 대한 불확실성을 어느 정도 예측할 수 있는 상태로 만들고 싶어 하는 것 같습니다. 처음 만나는 사람이 A형이고 INFP라면, 그 사람을 유리그릇 같은 섬세한 멘탈을 가진 사람으로 여기며, 그에 맞춰 말과 행동을 조심하는 것이죠. 또한 이것은 서로 잘 맞는 사람과 어울리고 싶어 하는 우리의 욕망이 반영된 것일 수도 있지요. 성격이 전혀 다른 사람과 관계를 유지하느라 드는 시간과 에너지를 아끼기 위해, 처음부터 나와 잘 맞는 사람과 친구가 되는 것이 훨씬 효율적이라고 생각하는 거죠.

앞으로 미래 사회에서는 이러한 경향이 더 강해질 것이라고 상상하며 〈DD로맨스〉를 썼습니다. 유전자와 빅데이터 분석을 통해 이상적인 연애 상대를 찾아주는 'DD로맨스'가 현실화한다면, 여러분은 DD로맨스가 추천해 주는 사람과 안전한 연애를 하겠습니까, 아니면 예측 불가능한 연애를 선택하겠습니까? 어느 하나 쉽게 결정할 수가 없지요? 사랑, 우정, 인간관계는 알고리즘으로는 예측할 수 없을 만큼 복잡하니까요. 또한 지니와 항두의 관계처럼 불협화음이 예상되는 관계라 해도, 그 안에서 배우고 성장하는 경험은 무척 소중합니다. 서로 다른 성격과 견해가 부딪힐 때, 우리는 양보하고 이해하는 법을 배우게 되며 이것은 살아가는 데 큰 자산이 되니까요. 여러분이 앞으로 만날 인연을 통해 더욱 성장하게 될 것이라 믿으며, 그 여정에 진심으로 응원의 메시지를 보냅니다.

노수미 KB창작동화제에서 대상을, 다새쓰 방정환 문학 공모전에서 우수상을 받았으며 JY스토리텔링 아카데미에서 글쓰기를 공부했다. 지은 책으로는 《레디액션》, 《으라차차 달고나 권법》, 《AI 디케》, 《냉장고가 사라졌다》, 《어린이날이 사라진다고?》, 《제주도를 지키는 착한 여행 이야기》 등이 있다.

다다와 나나

김
소
정

오늘은 특별한 날이다. 문을 열고 밖으로 나왔다.

기숙사를 벗어나 대로를 걸었다. 상가 스크린에는 대체식품을 이용한 패스트푸드 홍보 영상이, 길 건너 고층빌딩 빌보드에는 AR 글래스와 스마트홈 가전기기, AI 로봇 광고 영상이 연이어 펼쳐지고 있었다. 나는 고개를 돌리고 역을 향해 빠르게 걸었다. 역 주변에는 가방을 멘 학생들이 많았다. 사람들 눈을 피해 도망치듯 역 안으로 들어갔다.

개찰구를 지나 플랫폼으로 갔다. 열차가 들어오는 중이었다. 급히 뛰어가 열차를 탔다. 휴일이라 그런지 열차 안은 붐볐다. 앞쪽으로 걸어갔다. 자기부상열차에는 운전석이 없어서 맨 앞이나 맨 뒤로 가면 탁 트인 전망을 볼 수 있다. 곧이어 눈앞에 시원한 풍경이 펼쳐졌다. 탁 트인 하늘이 가슴을 시리게 했다. 에메랄드빛 하늘을 두 눈에 담았다.

잠시 후 뒤로 가려고 몸을 돌리다가 웬 여자와 눈이 마주쳤다. 마흔 정도 된 여자는 눈길을 피하지 않고 나를 뚫어지게 보았다. 순간, 여자의 눈에 섬광이 비친 것 같았다.

'이런, 기숙사 사감이잖아!'

얼른 시선을 돌렸다. 잠시 후, 사감이 일어났다. 또각또각 구두 소리를 내며 걸어오던 사감이 내 앞에 멈춰 섰다.

"나나, 외출 금지일 텐데. 얼른 기숙사로 돌아가지 그래."

사감의 목소리는 낮았지만 단호했다. 나는 고개를 숙였다.

"지금 네가 있어야 할 곳이 어딘지는 알고 있겠지?"

사감의 물음에 어떻게 대답해야 할지 몰라 망설이다가 입을 열었다.

"네. 알아요. 잠깐 책 사러 나왔어요."

그러자 사감은 날카롭게 말했다.

"책? 태블릿으로 다운로드하면 되는데? 나나, 휴일에 외부에 나가서 사고 치면 곤란해. 그럼 또 전학 갈 수밖에 없을 거야. 오늘 한 번은 넘기겠지만 다음에 또 허락 없이 밖에 나가면 그땐 네 아버지께 알리겠어. 집에는 한 번도 안 가면서 휴일마다 외출하고 있다고."

사감은 싸늘한 표정을 지었다. 나는 힘겹게 입을 열었다.

"오늘은 책 사고 나서 친구와 약속이 있어서 꼭 나와야 했어요."

연신 못마땅하게 쳐다보던 사감은 열차가 다음 역에 멈추자 밖으로 나갔다. 나는 손을 가슴 위에 올려놓았다. 바이털사인을 확인해 보니 심박수가 지나치게 빨랐다. 천천히 심호흡하자 심박수가 정상으로 돌아왔다.

몇 정거장 뒤, 나는 열차에서 내렸다.

역 밖으로 나오니 주변에 빌딩이 즐비했다. 식당과 술집, 옷 가게와 각종 생활용품이 들어찬 쇼핑몰들이 대로 양편에 죽 늘어서 있었다. 스마트 워치로 지도를 검색해 골목으로 들어갔다. 얼마쯤 걷다가 간판을 확인하고 상가 안으로 들어갔다.

카페는 지하에 있었다. 홀에는 사이버펑크 음악이 울려 퍼지고 있었고 사람은 많지 않았다. 스마트 워치를 보니 1시 10분 전이었다. 두리번거리며 구석 자리를 찾았다. 커다란 화분 옆 의자에 자리를 잡고 앉았다. 의자 등받이에 몸을 기대고 눈을 감았다.

*

5년 전, 시월 마지막 날이었다. 영어학원에서 핼러윈 파티가 있었다. 지영이는 피오나, 지훈이는 슈렉으로 분장했고 난 당나귀 동키가 되었다. 지영이와 지훈이는 마주 보고 앉아서 이야기를 나누고 있었다. 핼러윈 의상을 걸친 둘은 정말로 커플처럼 보였다.

평소에 같은 반 아이들은 지영이와 지훈이가 같이 있으면, 이름의 초성을 따서 '지지커플'이라 부르며 놀렸다. 별로 재미있는 얘기도 아닌데 둘은 웃으며 이야기하느라 정신이 없었다. 그 모습을 보던 난 문득 외로워졌다. 두 사람을 따라 웃으려고 했지만 웃음이 나오지 않았다. 갑자기 외톨이가 된 것 같았다. 내가 마지못해 미소를 짓자 지영이가 나를 보고 낄낄거렸다.

"나나야, 그러니까 너 진짜 못생긴 당나귀 같다."

지영이와 지훈이는 소꿉친구였다. 부모님들이 서로 알고 지낸 덕분에 태어나면서부터 한동네 이웃으로 자랐다. 나는 이사 간 동네의 새 유치원에서 지영이와 지훈이를 처음 만났다. 나는 다른 아이들에게 먼저 다가가는 편이 아니었는데, 지훈이는 놀이할 때 늘 나를 끼워 주었다. 활발한 두 사람 덕분에 나는 새 유치원 생활에 곧 적응했고, 얼마 지나지 않아서 우린 삼총사가 되었다.

초등학교에 가서는 여러 차례 같은 반이 되었고, 같은 학원에 다녀서 틈이 나면 자주 어울려 놀았다. 늘 붙어 있다 보니 별다른 감정을 느낀 적이 없었는데, 이상하게 요즘 자꾸만 지훈이에게 다른 감정이 들었다. 지훈이의 모든 말과 행동에 의미를 부여하게 되고 신경이 쓰였다.

그런데 지영이와 지훈이가 주인공 커플이 되자, 나는 행복한 한 쌍의 주위를 맴도는 무수리 당나귀가 된 것 같았다. 그런 내 기분을 숨기고 싶었는데 지영이가 그걸 콕 집어서 말하자 야속하게 느껴졌다. 내 얼굴이 일그러지자 지훈이가 말했다.

"나나, 너 얼굴이 이상해. 꼭 숨길 게 많은 어른 같은 표정을 짓고 있잖아."

지훈이가 하는 말을 듣고 나는 서러워졌다. 나 혼자만 몹쓸 사람이 된 것 같았다. 갑자기 눈앞이 뿌예졌다. 나도 모르게 눈물이 맺혔다.

지영이가 내 눈치를 보더니 지훈이에게 눈짓했다.

"야, 지훈이 네가 더 어른같이 말한다, 뭐."

지훈이는 당황했는지 가만히 있었다.

"나나야, 우린 셋이 영원히 함께할 거야. 그렇지?"

지영이가 내게 물었다. 나는 대답하지 않았다. 그러자 지영이가 팔꿈치로 내 가슴팍을 '탁' 쳤다. 막 젖멍울이 생기던 때라 무척 아팠지만 지훈이 앞이라 내색하지 못하고 고개를 숙였다. 지훈이는 분위기를 바꾸고 싶었는지 한쪽 팔로 허공을 치면서 외쳤다.

"원, 투, 쓰리, 포에버!"

지영이도 허공을 치면서 구호를 따라 외쳤다. 난 마지못해 팔을 뻗는 시늉을 했지만, 아무 말도 하지 않았다. 아니, 아무 말도 하지 않은 건 아니다. 그날 난 '지영아, 네가 없어졌으면 좋겠어' 하고 속으로 되뇌었다.

내가 지훈이를 좋아하고 있다는 것을 지훈이는 눈치채지 못했지만, 지영이는 알고 있었다. 지영이는 지훈이를 어릴 적 소꿉친구로만 대했고, 좋아하는 남자아이가 따로 있었다. 반 아이들은 몰랐지만 지영이는 자신이 좋아하는 남자아이에게 고백도 받고 잘 지냈다. 그런데 지훈이와 커플이 되는 상황을 일부러 보여 주면서 나와 자기 남자친구를 당황하게 했다. 그리고 의기소침해지는 내 모습을 보면서 자주 웃었다. 지영이가 소꿉친구를 빼앗기는 기분이 들어 내게 장난을 친 것일 수도 있다. 하지만 그때마다 나는 너무 고통스러웠다. 솔직하게 내 마음을 말하면 두 사람을 모두 잃어버릴 것 같아서 늘 내 감정을 억눌렀다.

*

똑똑.

테이블을 두드리는 소리에 눈을 떴다. 환한 조명 때문에 눈이 부셨다. 눈을 깜박였다. 누군가 앞에 서 있었다. 블랙진에 흰 티셔츠를 입은 소년이었다. 날렵한 턱에 쌍꺼풀 없는 눈매를 지닌 소년은 너무나 보고 싶었던 지훈이었다. 어릴 적 얼굴이 남아 있긴 했는데 얼굴형이 조금 변해서 낯설었다. 지훈이가 맞은편 의자에 앉았다.

"나나, 오랜만이야."

묵직한 저음도 생경했다.

"응. 5년 만인가?."

지훈이를 물끄러미 바라보았다. 얼굴은 어릴 적 장난스럽고 귀여운 티를 벗어나 있었다. 전체적으로 선이 굵어졌고, 뭐랄까 내가 알지 못하는 다른 기운이 느껴졌다.

스피커에서는 사이버펑크 음악이 끝나고 기타 연주곡이 흘러나오기 시작했다.

지잉.

진동 소리가 울렸다. 지훈이가 음료를 가지러 카운터로 갔다. 나는 로봇팔 바리스타가 음료 두 잔을 내미는 모습을 멀리서 바라보았다.

지훈이가 음료를 가져와서 테이블에 내려놓았다.

"레모네이드 맞지?"

나는 고개를 끄덕였다.

"어떻게 지냈어?"

"뭐 그냥 학교 다녔지."

나는 빨대로 레모네이드를 한 모금만 마셨다.

지훈이는 레모네이드를 빨대로 쭉 빨아 마시고 의자를 당겨 앉았다.

"너 그동안 뭐 썼는지 궁금하다. 예전에 넌 늘 신기한 이야기를 만들었잖아. 네가 글 쓰면 지영이가 삽화 그리고. 반 애들이 너희가 만든 책 돌려 봤지."

"그랬지. 애들한테 책 빌려줬는데 인기가 많았어. 대여하는 애들이 많아서 기다리니까 오래 보는 애들한테는 대여료까지 따로

받았지. 그걸로 분식집에서 떡볶이도 사 먹고."

"요즘은 어떤 거 써?"

"요즘은 별로 안 써. 공부할 시간도 부족한데 뭘."

"그래도 뭐라도 썼을 거 아니야. 얘기 좀 해 봐."

지훈이가 자꾸 뭘 썼냐고 묻는 게 부담스러웠다.

"지훈아, 여기 음악 소리가 좀 커. 다른 데 가서 얘기하자."

＊

건물 밖으로 나오니 숨이 좀 쉬어지는 듯했다.

도로는 아까보다 더 많은 사람으로 북적였다. 웬 청년이 다가와 태블릿을 건넸다. 길거리에서 태블릿 전단지로 가게 홍보를 하는 알바생인 듯했다. 태블릿에는 전자 전단지가 있었다. 커다란 원 모양 안에 '리사이클 월드'라고 적힌 홀로그램이 무지개색으로 빛났다.

"학생, 요 앞에 재활용품점이 생겼어요. 온라인 마켓만 이용하지 말고 한번 가 봐요. 레트로 상품이 진짜 많다니까요! 오늘 오픈 세일."

내가 태블릿을 돌려주자, 알바생은 옆에 있는 지훈이에게 태블릿을 내밀었다. 지훈이가 태블릿에 있는 버튼 모양을 건드렸다. 구식 생활용품이 네모난 칸 안에 일목요연하게 정리되어 있었다. 지훈이는 오래된 물건들에 관심이 가는 눈치였다.

"재밌는 물건들이 정말 많아요! 꼭 가 보세요."

알바생은 다른 사람에게 발걸음을 옮겼다.

"여기 한번 가 보자."

지훈이가 내 손을 잡았다. 나는 얼굴이 달아올랐다. 손을 잡고 얼마쯤 걷다 보니 휘황찬란한 전자제품 대리점 옆에 녹색 고딕체로 '리사이클 월드'라고 적힌 나무 간판이 보였다. 지훈이가 유리문을 밀고 안으로 들어갔다. 나도 따라 들어갔다.

리사이클 월드에는 지금은 잘 쓰지 않는 사무용품과 생활용품, 각종 가구와 옷가지들, 그리고 책과 음반까지, 시간의 흔적을 간직한 해묵은 물건들이 축축한 곰팡이처럼 가득 차 있었다.

지훈이는 천천히 매장을 둘러보았다. 나는 헌책이 꽂혀 있는 구석 책꽂이로 갔다. 종이책은 오랜만이었다, 책장에서 책을 훑어보다가 맨 아래 칸에서 시선이 멈췄다.

표지에 '불안의 책'이라고 쓰여 있었다. 스마트 워치로 검색을 해 보니, 저자가 쓴 2만 7000여 장의 원고를 사후에 추려서 출간한 책이라고 했다. 편집자가 원고를 어떻게 편집하느냐에 따라 책의 구성이 완전히 달라진다고 하는데 나는 그 점이 마음에 들었다.

만약 편집할 권한이 내게도 있다면, 나는 내 인생에 새로운 페이지를 첨가해서 지금과는 전혀 다른 새로운 책으로 만들 수 있을 것 같았다. 머릿속으로 그런 일이 일어날 확률을 계산했다. 가능성

70퍼센트. 이 정도면 아주 높은 확률이었다. 시도해 볼 만한 가치가 있었다. 책장을 덮고 바로 프런트로 갔다. 책을 계산대에 올려놓았다.

점원이 바코드를 찍더니 "7000원입니다" 하고 말했다. 스마트워치로 금액을 결제했다.

매장을 한 바퀴 돈 지훈이가 프런트로 왔다. 지훈이가 책을 보고 물었다.

"종이책이네. 무슨 내용이야?"

"불안의 책은 회계사인 남자가 쓴 일기이자 소설이야. 작가가 자기 자신을 고유한 이름과 이력을 지닌 수많은 인격체로 분화시켰어. 그리고 그들에게 글을 쓰는 임무를 부여했지. 이 작가가 사용한 이름만 해도 70개가 넘는대."

"부캐가 70개라니 정말 대단하다. 나나, 너도 아바타를 만들고 싶을 때가 있어?"

지훈이의 물음에 난 잠시 망설였다.

"음…. 난 아바타가 아니라 연산과 확률을 이용해 경우의 수를 만들어. 무언가 선택할 때는 모든 경우의 수 중에서 가장 높은 값을 고르지."

지훈이가 고개를 갸웃거렸다.

"감성적일 줄 알았는데 마치 AI같이 말하네. 근데 회계사가 아직도 있을까?"

"지금은 거의 사라졌지. 숫자와 장부는 데이터 라벨링을 해서 AI가 보는 게 더 효율적이니까."

에코백에 '불안의 책'을 넣으며 말했다.

"이 책을 읽다 보면 현실이 사라지고 꿈을 꾸는 것 같은 느낌을 받는 사람이 있대. 나도 꿈을 한번 꿔 보고 싶어."

지훈이가 의외라는 표정으로 나를 보았다.

"꿈? 너 옛날에 꿈 많이 꿨잖아. 요즘은 안 꿔?"

"어? 꿈…. 가끔 꾸지. 지영이가 나오는…."

나는 얼버무리며 고개를 돌렸다.

지훈이는 그런 나를 의아하게 보더니 자판기로 걸어갔다. 탄산수 두 병을 뽑아 와서 한 병은 내게 건네고 한 병은 뚜껑을 따서 자기가 마셨다.

"아! 시원하다. 우리 뭐 먹으러 갈까?"

지훈이가 손으로 입가를 닦으며 물었다. 나는 탄산수를 에코백에 넣으며 고개를 끄덕였다.

리사이클 월드를 나오니 지훈이의 걸음이 빨라졌다. 내 걸음도 덩달아 빨라졌다.

지훈이가 한 음식점 앞에 멈췄다. 간판에 '학교 앞 분식집'이라고 적혀 있었다.

"여기 기억나지? 분식집이라는 단어도 오랜만에 본다."

지훈이가 안으로 들어갔다. 입구에는 키오스크가 여러 대 있었고, 그 뒤로는 3D프린터가 여러 음식을 찍어 내고 있었다. 지훈이가 키오스크에서 김밥 2인분과 어묵 두 꼬치, 튀김 2인분을 주문했다.

주문을 마친 지훈이가 테이블로 가서 앉았다. 나는 입구에서 그런 지훈이를 바라보았다.

지훈이가 빈 의자를 손으로 툭툭 치며 "여기로 와" 하고 말했다. 나는 안으로 들어가 지훈이 옆에 앉았다.

"초등학교 다닐 때 우리 학교 앞 분식집에 자주 갔잖아. 그땐 아줌마가 음식도 직접 만들고 서비스로 슬러시도 줬잖아. 기억나?"

옛 생각에 잠긴 듯 지훈이가 먼 곳을 응시했다.

"기억나."

원통형의 서빙 로봇이 다가왔다. 서빙 로봇이 테이블 앞에 멈추자 지훈이는 통에서 음식을 꺼내 테이블에 올려놓았다. 지훈이는 어묵 꼬치에 간장을 뿌리더니 한 입 베어 물었다. 나는 지훈이를 보고만 있었다.

"음. 예전에 먹던 맛이랑 똑같아. 맛있어! 얼른 먹어."

지훈이가 어묵을 씹으며 말했다. 나는 나무젓가락으로 김밥을 집었다. 기름기가 젓가락에 묻어났다. 김밥을 입에 살짝 댔다가 내려놓았다. 어묵 국물을 조금씩 마셨다. 그 사이에 지훈이는 어묵한 꼬치와 튀김 1인분, 김밥 1인분을 연달아 먹어 치웠다. 지훈이가 냅킨으로 입가를 닦았다.

"왜 안 먹어? 맛이 없어?"

"식욕이 없어. 배가 고프지도 않고."

지훈이가 어깨를 으쓱하더니 남은 음식에 포크를 가져갔다.

"그럼 내가 먹을게."

나는 젓가락을 내려놓고 에코백에서 탄산수를 꺼내 조금 마셨다.

*

밖에서 후드득 하고 빗소리가 들렸다. 빗방울이 아스팔트에 검은 동그라미를 연속해서 퍼트리고 있었다. 땅에 그려지는 무늬를 물끄러미 바라보았다. 그날 핼러윈에도 비가 왔었다.

비가 오는 날이면 자동으로 그날의 기억이 재생되었다. 지영이가 없어졌으면 하고 바랐던 기억을 이제는 그만 잊고 싶다.

뭔가 툭 하고 팔꿈치에 닿았다.

움찔한 나는 고개를 돌렸다. 지훈이 손이었다. 지훈이 표정이 어두웠다.

"나나야, 왜 그래? 무슨 일 있어?"

"아니야. 예전 일이 떠올라서."

지훈이가 내 안색을 살피더니 조심스레 물었다.

"우리… 지영이 만나러 갈까?"

"지…영이?"

"여기서 멀지 않은 곳에 지영이 봉안당이 있잖아. 한동안 못 가 봤네."

"그, 그렇지."

준비가 안 된 대화를 하는 것이 힘들었다. 그런 내 맘도 모르고 지훈이가 다정스레 말했다.

"말 나온 김에 지금 가자!"

"지금?"

"그래. 기숙사 늦지 않게 가려면 서둘러야지."

지훈이가 자리에서 일어났다.

나는 지훈이를 멈춰 세워야 한다고 생각했다. 아무런 마음의 준비도 없이 지영이를 만날 순 없었다. 하지만 어떤 말을 먼저 꺼내야 할지 판단이 서지 않았다.

분식집 밖으로 나온 지훈이는 역으로 발걸음을 옮겼다. 나는 말없이 지훈이를 따라갔다.

역에 도착한 지훈이는 마음이 급했는지 전광판을 향해 뛰어갔다. 나도 따라 뛰었다.

"지훈아, 잠깐만!"

지훈이가 내 목소리를 듣고 몸을 돌려 다가왔다.

"아까 열차에서 빈자리에 앉아 있었는데 어떤 여자가 나보고 자기 자리로 돌아가래."

내 말을 들은 지훈이는 어리둥절한 표정을 지었다.

"왜? 빈자리엔 누구나 앉아도 되는 거 아니야?"

'그럴까? 지훈아 나, 네 옆에 있어도 될까?'

나는 입 밖으로 꺼내지 못한 말을 삼켰다.

두리번거리던 지훈이가 손가락으로 전광판을 가리켰다.

"아, 저기 있다!"

지훈이가 그쪽으로 가려고 했고 나는 지훈이의 옷자락을 잡아당겼다. 지훈이가 돌아보았다.

"왜?"

"봉안당에 가지 말고 데이터센터 가서 그냥 지영이 보면 어떨까?"

나는 지훈이 눈치를 보았다.

"그건 지영이가 아니라 데이터잖아. 난 지영이가 있는 곳에 가고 싶은데…. 너도 한 번은 지영이 만나야지. 우리 셋은 늘 함께였잖아."

지훈이의 어투가 단호해졌다.

"나 지영이 만날 자신이 없어."

지훈이 얼굴에 물음표가 떠올랐다. 나는 더 이상 숨기는 것은 무의미하다고 판단했다.

"네게 할 얘기가 있어."

나는 근처에 있는 벤치로 가 앉았다. 잠시 후, 지훈이가 따라와 옆에 앉았다.

입이 쉽게 떨어지지 않았다. 이건 계획에 없던 일이다. 이럴 때 대화에 성공할 확률도 높지 않다. 어떻게 해야 하지? 그때 웬 학생이 책을 들고 지나가는 모습이 보였다. 종이책이었다. 아까 리사이클 월드에서 산 '불안의 책'이 떠올랐다. 그래. 어쩌면 인생의 한 페이지를 재편집할 수 있는 권한이 지금 내게 주어진 것일지도 모른다.

심호흡을 하고 입을 열었다.

"지영이 그렇게 된 거 내 탓이야…."

"그게 무슨 소리야?"

지훈이 목소리가 커졌다.

나는 불안의 책이 담긴 가방을 가슴에 품고 이야기를 꺼냈다.

"5년 전 학원에서 겨울방학 캠프 갔을 때, 교통사고가 났어. 마주 오던 차를 피하려던 버스가 가드레일을 박고 옆으로 쓰러졌어. 버스 안은 곧 아수라장이 되었지. 연기가 나서 앞이 잘 보이지 않았어. 나는 미친 듯이 유리창을 두드렸어. 밖에 있는 사람들이 유리창을 깨부수었어. 나는 그 틈으로 죽기 살기로 기어 나왔어. 깨진 유리에 긁히며 거의 다 빠져나왔을 무렵, 누가 뒤에서 발목을 잡았어. 나도 모르게 발길질했는데 내 발목을 놓지 않았어. 나는 여러 번 발길질했지. 그제야 내 발목을 붙들고 있던 손이 사라졌어. 내가 빠져나오자마자 버스는 폭발했어. 나는 사람들 틈에서 타오르는 불길을 멍하니 보았지. 그때야 지영이 생각이 났어. 그때

내 발목을 잡은 사람은 누구였을까? 아마 지영이겠지. 우린 나란히 앉아 있었으니까."

"아…."

지훈이의 눈동자가 심하게 흔들렸다.

나는 고개를 숙였다.

"그때는 살아야겠다는 것 말고 아무것도 떠오르지 않았어. 지영이 생각을 못 했어. 아니, 어쩌면 예전에 지영이가 없어졌으면 좋겠다고 생각했기 때문에 그런 일이 생긴 걸지도 몰라. 우린 늘 하나라고 하면서 '원, 투리, 쓰리, 포에버'를 외쳤지. 하지만 5년 전, 핼러윈 파티했던 그날, 난 너희의 들러리가 된 기분이었어. 넌 내가 어떤 기분인지도 몰랐어. 지영이는 내가 널 좋아한다는 걸 알고 있었는데도 날 놀리고 그 상황을 즐겼지. 그래서 난 지영이가 없어졌으면 좋겠다고 생각했어."

"나나야, 그만!"

지훈이의 안색이 좋지 않았다.

"지훈아, 나는… 나는…."

뭔가 렉이 걸린 듯했다. 다음 단어와 다음 문장이 생각나지 않았다. 지훈이의 태도는 예상 밖이었다. 나는 입을 다물었다.

지훈이는 봉안당에 가려던 계획을 취소했다. 데이터센터에도 가지 않겠다고 했다.

나는 혼자 기숙사로 돌아가겠다고 했지만 지훈이가 말렸다. 내가 기숙사에 들어가는 것을 봐야지 안심이 된다고 했다.

잠시 후, 나는 지훈이와 함께 열차를 탔다. 열차 안에서 나는 고개를 숙이고 휴대폰에 시선을 고정했다. 지훈이도 마찬가지였다. 지훈이와 나 사이에 어색한 침묵이 웅덩이의 물처럼 고여 있었다. 답답했지만 시간을 빨리 가기를 바랄 수도 없었다. 어쩌면 이것이 지훈이와의 마지막 시간일 수도 있으니….

열차에서 내리니 하늘이 어두컴컴했다. 소나기가 내릴 것 같았다. 지훈이와 나는 학교로 향했다. 발걸음이 무거웠다.

아무 생각 없이 걷다 보니 어느새 학교 앞이었다.

지훈이가 기숙사 앞에서 걸음을 멈추었다.

"나나야, 들어가."

지훈이의 굳은 표정을 보니 아무 말도 할 수 없었다.

"어…."

나는 지훈이에게 인사도 제대로 하지 못하고 돌아섰다. 기숙사 입구에 다다라 돌아보니 지훈이는 아까 인사를 나눴던 곳 근처 벤치에 앉아 있었다.

기숙사 건물 기둥에 몸을 숨기고 지훈이를 살폈다. 지훈이는 휴대폰을 보고 있었다. 휴대폰 위에서 분주하게 움직이던 지훈이의 손가락이 멈추었다. 나는 멀리서 지훈이의 휴대폰을 스캔했다. 어릴 적 친구들과 함께 찍은 사진이었다. 지훈이가 나와 지영이 사이에서 어깨동무하고 환하게 웃고 있었다.

개구쟁이같이 웃던 지훈이와 싱그러운 목소리를 가진 지영이, 그리고 그런 두 사람을 너무나 소중히 마음에 품고 있었던 나. 짝이 맞지 않아서 조금 불안하긴 했지만, 왼쪽에는 지영이, 오른쪽에는 지훈이와 어깨동무를 하고 나란히 걸었던, 셋이라 너무나 행복했던 시절이다. 열여섯, 내 인생에서 가장 빛나던 한때였다. 다시는 돌아갈 수 없는 시간이었다.

사진을 보니 눈물이 핑 돌았다. 나는 고개를 돌렸다. 기숙사로 향하는 발걸음이 무거웠다. 방으로 올라가고 싶지 않았다. 하지만 갈 곳이 아무 데도 없었다. 엘리베이터를 타고 9층 버튼을 눌렀다. 그런데 갑자기 천장에 달린 전등이 깜빡였다. 전등이 늘 말썽이었다.

*

기숙사 방에는 늘 전등이 켜져 있었다. 룸메이트가 스위치를 내리면, 딸깍하는 소리와 함께 저절로 눈이 떠졌다. 웬만하면 어둠을 견뎌 보려고 했지만 쉬 잠들지 못했고, 어쩌다 설핏 잠이 들더라도 악몽을 꾸고 말았다. 그러면 결국 일어나서 다시 불을 켤 수밖에 없었다. 기숙사는 아직 스마트홈 시스템이 설치되지 않아서 모든 게 수동이었다.

지난주에 사감이 호출해서 내게 불을 끄지 않는 이유를 물었다.

어두워지면 내가 사라질 것 같다고 했다. 사감은 심리 상담을 권했지만 응하지 않았다. 그러자 사감은 룸메이트의 방을 옮겨 줘야 한다며 행정상의 불편과 추가 비용을 문제 삼았다. 기숙사는 모두 2인실이었다. 나는 비용을 두 배로 내고 2인실을 혼자 사용하기로 했다. 미래과학연구소에서 AI 로봇 개발을 총괄하고 있는 아버지는 그 정도 비용은 감수할 만하다고 여겼다. 그런데 소문이 퍼지자 그때부터 아이들의 따돌림이 시작되었다.

띵 하는 소리와 함께 엘리베이터 문이 열렸다. 9층 복도에는 아무도 없었다. 복도 끝으로 걸어가 909호실 문을 열었다.

언제나처럼 방은 환했다.

잠옷 차림으로 침대에 누워 있던 나나가 몸을 일으켰다. 나는 나나를 외면하고 곧장 침대로 갔다.

"다다, 오늘 어땠어?"

"임무 완수했어."

나는 침대에 누웠다. 나나가 쳐다보는 걸 느끼고 등을 돌렸다. 거울에 나나와 내 모습이 같이 비쳤다. 나나는 조금 초조해 보였다.

"지훈이 만나니 어때? 재밌었어? 둘이 무슨 이야기 했어?"

나는 등을 돌린 채 대답했다.

"하나씩 물어. 지훈인 키 185센티미터에 평균 체격이고 얼굴은 많이 안 변했어. 별로 재밌지는 않았고, 지영이 이야기를 했어."

나나가 침대에서 몸을 일으켰다.

"지영이?"

"그래. 지영이. 지훈이가 지영이 봉안당에 가자고 했는데 안 갔어."

나나의 안색이 파랗게 질렸다.

나는 아랑곳하지 않고 말했다.

"네 부탁대로 지훈이에게 다 말했어."

"부탁…이라니?"

나는 부러 당당하게 말했다.

"어젯밤 네가 태블릿에 쓴 일기가 진심이잖아. 네 마음을 지훈이한테 다 말해 달라며?"

나나는 기가 막힌다는 표정을 지었다. 그러더니 핏기가 가신 얼굴로 일어나 옷장으로 갔다. 나나가 옷장 옆에 세워져 있는 긴 우산을 집어 들었다. 잔뜩 화가 난 나나의 얼굴이 거울에 비쳤다.

괜찮다. 화는 좀 내겠지만 결국 내게 고마워할 거다. 나나가 가장 원한 것을 이 다다가 해 줬으니까. 나나가 용기가 없어 쓰지 못하는 인생의 새 페이지를 내가 대신 써 주었다. 나는 '불안의 책'의 새로운 편집자가 된 것이다. 나나를 위한 내 임무는 완벽했고, 나나는 이제 다른 버전의 인생을 살 수 있다. 나는 한껏 거드름을 피웠다.

"네 뜻대로 해 줬으니까 충전이나 해 줘. 중간에 배터리 나갈까 봐 불안했어. 음료수도 조금 마셨으니까, 그것도 비워야 해. 그리고 한동안 나 깨우지 말고 전원도 꺼 줘."

"이런 바보. 쇳덩어리! 다다, 네가 일을 망쳐 버렸어."

나나는 긴 우산을 높이 쳐들었다. 그러더니 내게 우산을 마구 휘둘렀다. 나는 두 팔로 얼굴을 가릴 뿐 별다른 저항은 하지 않았다.

"나나, 그러면 어제 일기 쓸 때 왜 내 전원을 끄지 않았지? 일기 끝에 나한테 대신 말해 달라고 부탁까지 했잖아. 로봇 제1원칙, 로봇은 인간에게 해를 끼쳐서는 안 되며, 위험에 처해 있는 인간을 방관해서도 안 된다. 난 그 원칙을 따랐을 뿐이야."

"그럼 로봇은 인간의 명령에 반드시 복종해야 한다는 2원칙도 잘 알겠네?"

팍, 팍. 팍!

나나가 뾰족한 우산 꼭지로 내 팔뚝을 내리찍었다.

단백질 덩어리로 이루어진 팔이 조금 찢어졌다.

"그건 1원칙에 위배되지 않았을 경우지. 나나, 난 통증을 못 느껴."

그러자 나나의 얼굴이 더 구겨졌다. 나나는 거울을 향해 달려갔다. 뾰족한 우산 꼭지로 거울을 마구 가격하기 시작했다.

탁, 탁, 탁!

우산 꼭지가 거울에 부딪히는 소리가 점점 커졌다. 거울에 금이 가기 시작했다. 곧 거울은 여러 조각으로 쪼개졌다. 조각난 거울마다 나나의 일그러진 얼굴이 보였다. 수십 명으로 불어난 나나가 나를 노려보았다.

"다다, 제발 좀 꺼져. 널 보고 있으면 숨이 턱 막혀! 내가 사라지는 것 같아."

나는 담담히 대꾸했다.

"정 박사님께 내가 필요하지 않다고 말해. 그럼 난 곧 폐기 처분되겠지. 근데 내가 가고 나면 또 다른 안드로이드가 오지 않을까?"

"시끄러워!"

나나가 우산을 들고 거울을 힘껏 내리쳤다. 그러자 요란한 소리와 함께 조각난 거울들이 바닥으로 우수수 쏟아졌다. 거울은 모조리 깨지고 프레임만 남았다.

텅 빈 눈으로 거울이 사라진 곳을 보던 나나가 돌아섰다. 그리고 내게 돌진했다. 나나는 긴 우산을 쳐들고 내 몸을 사정없이 가격했다.

이건 반칙이다. 여긴 메모리 기능이 있는 부분이다. 여기가 고장 나면 기억을 업데이트하기 힘들다. 나는 두 팔로 배를 감쌌다.

쾅쾅.

문 두드리는 소리가 났다.

곧이어 "문 열어!" 하는 소리도 들렸다. 사감이었다.

나나는 우산을 내려놓고 작은 목소리로 명령했다.

"옷장 안으로 들어가. 얼른!"

나는 일어나 옷장으로 갔다. 옷장 안에 들어가 웅크리고 앉자 나나가 내 목덜미를 잡았다. 전원을 끄려 하는데 문 두드리는 소리가 났다. 나는 몸을 뒤틀었다. 미처 전원을 끄지 못한 나나는 나를 황급히 안으로 밀어 넣고 옷장 문을 닫았다. 반동 때문에 옷장 문이 조금 벌어졌다.

"안에 있는 거 알아. 나나, 어서 문 열어!"

사감이 다시 문을 두드렸다. 나나는 깨져서 프레임만 남은 거울을 보았다. 텅 빈 거울에는 아무것도 비치지 않았다. 나나는 급히 전등 스위치를 내렸다. 그러자 천장에 매달려 있던 형광등이 갑자기 푸른 불꽃을 튕기고 꺼져 버렸다. 방은 어둠에 잠겼다.

나나가 방문을 열자 사감이 서 있었다. 복도는 캄캄했다. 기숙사 전체에 불이 꺼진 모양이었다. 사감이 신경질적으로 말했다.

"대체 무슨 소리야? 문은 왜 이렇게 늦게 열어?"

사감은 어두운 방을 기웃거렸다. 바닥에는 깨진 거울의 파편들이 흩어져 있었다.

"별일 아니에요. 못이 빠졌는지 거울이 벽에서 떨어져 깨지고 말았어요."

나나의 목소리가 떨렸다.

사감이 안으로 성큼성큼 들어왔다. 옷장 속에 숨어서 그 모습을 보던 나는 이불 속에 고개를 묻고 몸을 더 움츠렸다.

"외출했다가 언제 왔어?"

"외…출이요?"

나나가 더듬거리자 사감은 이상한 표정을 지었다.

나나는 "좀 전에, 막 왔어요" 하고 얼버무렸다.

"정말이야? 신고가 들어와서 혹시나 했어."

사감이 옷장 쪽으로 걸어왔다. 나나가 사감을 따라오며 물었다.

"신고…라뇨?"

사감이 옷장 손잡이에 손을 올려놓았다. 나는 더욱더 몸을 움츠리고 소리에 귀를 기울였다.

"네가 누구랑 싸운다고 하던데?"

옷장 문을 활짝 열었다. 웅크리고 있던 나는 겁에 질렸다. 이제 머리 위에 있는 이불만 걷어 내면 내 존재가 탄로 날 것이다. 심박수가 빨라졌다.

그때였다.

애애애애앵….

사이렌이 요란하게 울렸다. 사감이 고개를 돌려 문밖을 보았다. 복도는 어둠에 잠겨 있어서 아무것도 보이지 않았다.

"무슨 일이지?"

사감은 급히 방을 나갔다. 복도에서 하이힐 또각거리는 소리가 길게 들렸다.

나나는 방문을 닫았다. 옷장 속에 웅크리고 있던 나는 재빨리 이불을 걷어 내고 옷장 문을 열었다. 나나가 천천히 창가로 걸어가는 모습이 보였다. 나나가 창문을 열자 커튼이 바람에 펄럭였다.

깨진 거울 조각들이 빛을 내며 창 너머로 날아갔다. 기숙사 밖은 환했다. 나나가 창문 밖으로 몸을 쭉 내밀더니 중얼거렸다.

"어? 저기 지훈이 같은데…."

문틈으로 나나의 동태를 살피던 나는 조심해서 일어났다. 나나는 창밖을 보느라 정신이 없었다. 지훈이가 아직도 벤치에 앉아 있는 모양이었다. 나는 살그머니 옷장에서 빠져나왔다. 그리고 방문을 향해 살금살금 걸었다. 문손잡이를 잡고 돌리자 삑 소리를 내며 문이 열렸다. 나나가 고개를 홱 돌렸다.

"나나야, 지훈이에게 미처 못한 말이 있어."

나는 황급히 방을 나갔다.

"안 돼!"

나나가 기겁하며 달려왔다. 나는 문을 세게 닫았다. 나나가 뛰어오다 의자에 걸려 넘어졌는지, 닫힌 문 너머로 우당탕 하는 소리가 들렸다. 나는 비상구 쪽으로 뛰었다. 그런데 반대편 복도 끝 방문이 조금 열렸다. 사감의 발이 보였다.

'아! 나나와 나를 한꺼번에 목격하면 곤란해.'

비상구 문을 급히 열었다. 문을 닫으며 돌아보니 사감을 발견했는지 나나가 몸을 돌려 급히 방으로 들어가는 모습이 보였다.

비상구 계단을 내려갔다. 어두웠지만 녹색 비상구 등이 켜져 있어서 다행이었다. 난간을 붙잡고 조심조심 내려갔다. 1층에 도착하니 로비는 어두웠다. 그런데 밖은 환했다. 가로등이 켜져 있었다. 기숙사 밖으로 나갔다.

지훈이는 여전히 벤치에 앉아 있었다. 지훈이에게 다가갔다. 날 발견한 지훈이는 자리에서 벌떡 일어나더니 뛰어왔다.

"나나, 괜찮아? 네가 들어가고 나서 정전이 되길래 걱정했어. 너 어두운 데 혼자 있는 거 엄청나게 무서워하잖아."

나는 찢어진 팔뚝을 손으로 가리며 몸을 움츠렸다. 그리고 지훈이 앞에 무릎을 꿇었다. 지훈이가 입을 벌리고 나를 내려다보았다.

"지훈아, 용서받을 수 없다는 거 알지만 그래도 용서 빌고 싶어. 지영이한테도 네게도."

나는 잔디에 시선을 고정한 채 입을 열었다.

"난 너랑 지영이를 정말 좋아했어. 아주아주 많이. 너희 둘은 내가 태어나서 처음으로 사랑한 사람들이야. 가끔은 너희 둘만 친한 것 같아서 서운했어. 나만 외톨이가 된 기분이 들었어. 그래도 너랑 지영이가 없는 내 삶은 생각할 수도 없었어. 그날은 내가 미쳤었나 봐. 지영이가 사라졌으면 좋겠다고 생각했어. 하지만 지영이가 정말로 죽기를 바란 건 아니야. 근데 나 때문에 지영이가 그렇게 죽은 것 같아서 너무 괴로워. 잠시라도 그런 맘을 먹었던 게 너무나 후회가 돼."

그때 잔디에서 반짝 빛이 났다. 잔디 틈에 깨진 거울 조각이 끼어 있었다. 아까 떨어진 모양이었다. 거울 조각에 내 얼굴이 비쳤다.

아! 그런데 감정이 죄다 드러나는 나나의 얼굴과는 너무나도 다른, 무표정하고 매끈한 얼굴이었다. 나는 황급히 고개를 숙였다.

"나나야···. 그만 일어나. 지영이 그렇게 된 거 네 탓 아니야. 교통사고인 거 너도 알고 있잖아."

지훈이는 무릎을 꿇고 있는 나를 일으켜 세웠다. 일어서다가 눈이 마주쳤다. 나도 모르게 눈을 깜박였다.

깜박, 깜박, 깜박.

내 눈꺼풀이 고장 난 형광등처럼 연속해서 깜박거렸다.

"나나야, 너 언제 또 밖으로 나왔어?"

사감의 목소리였다. 사감이 기숙사 밖으로 걸어오면서 휴대폰으로 통화 중이었다.

"정 박사님, 안드로이드 기술담당자 최인숙입니다. 베타 테스트 중에 사고가 있었습니다. 알파 버전 수정이 불가피해요. 다다는 폐기해야 합니다."

나는 고개를 돌려 사감을 보았다.

사감이 안드로이드 기술담당자일 줄이야···. 나와 눈이 마주치자 사감의 표정이 묘하게 변했다.

내가 안드로이드인 것을 눈치챈 것이 틀림없었다. 사감이 자리에 멈춰 섰다. 그리고 목소리를 높였다.

"다다가 인간을 잘 이해하는 것은 맞지만, 명령받지 않은 것까지 실행해서 오히려 위험을 초래했어요. 인간의 영역을 침범하는 문제는 심각한 결격 사유입니다."

통화를 마친 사감이 내 쪽으로 걸어왔다. 보도블록에 하이힐 소리가 울렸다.

또각또각. 내 운명이 다하는 소리가 점점 가까워지고 있었다.

다다는 나나의 인생 데이터를 공유하고 있는 안드로이드 로봇입니다.

우리는 인간과 로봇을 비교하면서 진짜와 가짜, 원본과 복제품이라는 기준을 적용합니다. 인간은 진짜고 로봇은 가짜일까요?

존재에 관해 고민하다 보면 조금 다르게 생각할 수도 있습니다. 인간이 신의 창조물이라면, 로봇은 인간의 창조물입니다(무신론자라면 인간을 자연의 창조물로 여길 수도 있겠지요). 인간과 로봇은 누가 만들었든지 간에 이 세계에 존재하게 된 이상 의미를 지닙니다.

인간도 로봇도 태어나고 싶어서 태어난 것이 아닙니다. 자기 의지와는 상관없이 이 세계에 던져진 것입니다. 그러면 누가 창조했든지, 존재는 그 자체로 존중받아야 하지 않을까요?

다다는 자기 임무를 수행하지만, 나나의 의도를 잘못 파악해서 두들겨 맞고 폐기 처분될 운명에 처합니다. 나나도 친구들의 의도를 잘못 파악해서 상처를 입고 죄책감을 안고 살아가면서 정작 다다의 오류는 조금도 참지 못합니다. 사감과 정 박사도 마찬가지죠. 기계인 로봇에게는 인격이 없다고 생각하기 때문에 폐기 처분을 내리는 데 한 치의 망설임도 없습니다.

로봇에게 인격은 없지만 '로봇의 격'은 있지 않을까요? 인간은 로봇에게 다양한 데이터를 심어 놓았지요. 로봇이 오류를 일으키는 이유는 인간이 잘못 저장한 정보와 시스템 고장 때문입니다. 그러니 인간은 로봇의 오류에 대해 책임지고, 자기 피조물을 존중해야 합니다.

여러분이라면 로봇이 오류를 일으킬 때 어떤 결정을 내릴까요? 다다가 폐기 처분되고 나면 나나에게 또 다른 안드로이드 로봇이 배송되겠지요. 그때 나나는 새 로봇과 좀 더 나은 관계를 맺을 수 있을까요?

다가올 미래에는 나나와 다다가 진짜와 가짜라는 프레임에서 벗어나 서로를 존중하면서 공존할 수 있기를 바랍니다. 그렇게 된다면, 인간은 로봇뿐만 아니라 인간도 더 잘 이해하게 될 것입니다. 로봇은 우리를 비추는 거울이니까요.

김소정 중앙대학교와 동국대학교 대학원에서 문예창작을 공부했고, 독서·논술 강사로 일했다. 지금은 JY스토리텔링 아카데미에서 어린이·청소년문학을 공부하며 다양한 글을 쓰고 있다.

솜니움

신현정

쿠쿠쿠쿵.

마치 하늘이 열리는 것 같은 굉음이 들렸다. 접혀 있던 나비 날개가 펼쳐지는 소리다.

본격적으로 하루가 시작된다는 신호이기도 하다. 나는 나비 날개가 펼쳐지기 한참 전에 일어나 모든 준비를 마치고 기다리고 있었다. 마치 달리기 경기 시작을 기다리는 것처럼.

소리가 들리자마자 문 앞에 놓아두었던 나비 조끼를 꺼내 들어 입었다. 묵직했다.

"끙 차."

나비 조끼 때문에 무거워진 몸을 일으키려면 좀 더 다리에 힘을 주어야 한다. 뒤이어 엄마와 오빠가 따라 나오는 소리를 들었지만 모른 척 서둘러 밖으로 나왔다. 나비 광장에 가기 위해서는 꼬불꼬불한 계단을 한참이나 돌아내려야 한다. 느릿느릿한 엄마와 오빠를 기다리다간 태양이 이미 떠 버릴 것이다. 사람들이 우르르 몰려 나오기 전에 서둘러 내려가야지. 천천히 걷는 사람들에게 갇혀서 밀리듯 이동하는 건 사절이다.

계단을 내려가는 발걸음이 가벼웠다. 중앙에 있는 나비 광장을 두고 쌍둥이처럼 마주 보고 있는 2F 거주 공간이 보였다. 계단 중간중간 떠 있는 돔 형태의 하얀색 집들이 꼭 뭉게구름처럼 보였다. 광장을 제외하고는 모든 거주지가 계단을 걸어 올라가야 하는 수직형 구조로 되어 있다. 햇빛을 조금이나마 더 받을 수 있고, 사람들을 조금이라도 더 움직일 수 있게 만들려는 매처들의 의도가 아닐까, 생각했다. 매처는 이 세상을 운영하는 본부를 말한다. 매처의 목적은 하나다. 세상의 균형을 맞추는 것. 물론 매처를 본 적은 한 번도 없다. 나 말고도 매처를 봤다는 사람은 아무도 없었다.

좁고 높다란 계단 사이로 들어오는 불그스름한 빛에 눈이 부셨다. 눈을 감고 숨을 크게 몰아쉬었다. 따뜻했다. 태양, 빛. 이건 말로 설명할 수 없는 좋은 느낌이 든다. 할 수만 있다면 햇빛을 주머니 속에 가득 넣어 나중에 조금씩 꺼내 보고 싶었다. 이렇게 태양을 볼 수 있는 시간은 하루 중 단 4시간뿐이다. 하루 중 내가 제일 좋아하는 시간이다. 이런 좋은 기분을 맛보기 위해 나머지 시간을 견디는 게 아닐까.

아참, 하나 더 있지. 솜니움. 솜니움은 며칠 전 산책하다가 담벼락에서 발견한 초록색 식물이다. 회색 벽 사이로 빼꼼 고개를 내민 초록색 점. 아주 작고 신비한 이 생물은 마치 '나 좀 찾아 줘'라고 말하고 있는 것처럼 눈에 띄었다. 그걸 발견했을 때의 기분이란! 식물이란 걸 책에서 본 적은 있었지만 실제로 본 것은 처음이었다.

'어쩌면 내가 오기를 기다리고 있었는지도 몰라. 내가 발견해 주기를.'

그런 생각이 들자 나에게 꼭 친구가 하나 생긴 것 같았다. 이 식물에 이름을 지어 주기로 했다. 솜니움. 문명시대 라틴어로 '꿈'이라는 뜻이다. 지금은 쓰지 않는 말이지만 예전에 할머니가 보시던 책에서 본 적이 있어 기억하고 있었다.

"사람은 꿈이 있어야 해."

할머니가 웅얼거리듯 자주 하시던 말씀이다. 할머니에게 그게 뭐냐고 물어봤지만 언젠가부터 할머니와의 대화는 불가능했다. 할머니는 그저 텅 빈 눈으로 어딘가를 응시하기만 했다. 결국 꿈이 무슨 뜻인지 알기 위해 할머니가 몰래 숨겨 놓은 문명시대 책을 찾아볼 수밖에 없었다.

'실현하고 싶은 희망이나 이상'을 일컫는 말이라는데 설명을 봐도 도대체 꿈이 뭔지 전혀 짐작이 가지 않았다. 이렇게 이름으로 붙여서 부르면 실체가 있으니 조금은 이해할 수 있을 것 같았다. 나에게는 솜니움이 '꿈'이다. 이제 나에게도 꿈이 있다.

모래가 섞인 바람이 볼을 스쳤다. 따가워서 정신이 번뜩 났다.

계단을 빠르게 내려와 3F라고 적힌 푯말을 지나 광장에 도착했다. 이른 시간이라 아직 사람은 거의 없었다.

광장은 이곳에 사는 사람이 모두 모일 수 있을 만큼 거대했다. 이 광장을 중심으로 오른쪽에는 내가 사는 1F·3F 지역, 왼쪽은 2F·4F 지역 사람들이 살고 있다. 둥근 광장을 따라 외벽이 테두리처럼 둥그렇게 세워져 있다. 그 벽 위에는 광장 전체를 가릴 만큼 거대한 크기의 태양열 집열판이 펼쳐져 있는데 꼭 나비 날개 모양을 닮아서 '나비 날개'라고 불렀다. 이 나비 날개는 앞으로 해가 떠 있는 4시간 동안 태양 빛을 흡수할 것이다. 활짝 펼쳐진 나비 날개에선 햇빛이 반사되어 반짝이고 있었다. 눈부시게 아름다웠다.

광장을 향하는 문을 지나 솜니움을 만나기 위해 걸음을 재촉했다. 솜니움을 만나러 가는 길은 언제나 신난다. 그래서인지 걸음이 저절로 빨라졌다. 솜니움이 없었다면 나도 다른 사람들처럼 구부정하게 바닥만 내려다보면서 터벅터벅 걷거나 초점 없는 눈동자로 느릿느릿 움직였을 것이다. 마치 좀비 떼처럼 말이다. 아, 좀비도 문명시대 책에서 본 거다.

사람들은 걷는다기보다 떠밀려 움직인다는 말이 더 어울렸다. 그도 그럴 것이 광장에 나오는 사람들 대부분은 목적이 있는 것이 아니라 오직 생존을 위해 나오는 거였다. 태양이 뜨면 사람들은 나비 광장에 나와 4시간 동안 계속 걷는다. 아니 걸어야 했다. 걸으면 땅이 뱅그르르 도는데, 아래에 있는 터빈이 사용할 수 있는 에너지로 변환된다고 했다. 또 각자 매고 있는 나비 조끼를 통해 걸은 양과 모인 태양에너지 수치가 기록되는데 정해진 수치를 달성해야 생존에 필요한 영양 알약과 비타민제를 배급받을 수 있었다.

무표정하게 땅만 보며 걷는 사람들 속에서 허리를 펴고 빠르게 움직이는 나 같은 사람은 흔치 않다. 나는 땅만 보며 걷고 싶지 않았다. 태양을 느끼며 빛이 있는 세상을 보는 게 얼마나 재밌는데! 빨리 걷는 덕분에 나는 다른 사람들보다 조금 더 많은 양의 영양 알약을 받는다.

이런저런 생각을 하다 보니 어느새 솜니움이 있는 곳에 도착했다. 오늘은 얼마나 더 컸을지 궁금했다.

"안녕 솜니움, 나 또 왔어."

인사를 하면 솜니움은 화답이라도 하듯 살랑거렸다. 이제 제법 초록색이 풍성해졌다. 처음 봤을 때만 해도 초록색 점 같았던 솜니움은 날이 갈수록 조금씩 자랐다. 그런 솜니움이 기특했다. 이렇게 자라다 보면 언젠가 이 회색 벽이 초록색으로 가득 덮이지 않을까 하는 상상도 했다. 그런 생각이 들면 기분이 좋았다.

"꽃이끼구나. 이런 걸 여기서 보다니 넌 참 행운아야."

한 할아버지가 옆에서 말을 걸었다. 비쩍 마르고 허리도 굽어서 조금이라도 툭 치면 쓰러질 것 같은 할아버지였다.

"꽃이끼요?"

"해가 들지 않아도 살 수 있는 식물 중 하나지. 내가 어렸을 때만 해도 말이다. 꽃이끼와 비교도 안 될 정도로 초록색이 무성했는데 말이지."

할아버지는 먼 산을 바라보며 읊조렸다.

"정말요? 상상이 안 돼요."

회색빛으로 가득한 세상에 솜니움보다 더 큰 초록색이 있었다니! 할아버지 말에 신이 나서 대답했다. 할아버지는 내 얼굴을 빤히 쳐다보며 말했다.

"자네를 보니 누군가가 떠오르는군. 눈빛이 닮았어. 그자와."

"그자요?"

"자네처럼 꼿꼿이 서서 빠르게 걸었지. 눈빛에 에너지가 가득 차 있었어."

"그게 누구인데요?"

"아주 오래전이야. 내 평생 그런 눈빛은 다시 보지 못할 줄 알았는데."

할아버지는 내 물음에는 관심 없다는 듯 혼잣말을 뱉어 냈다. 그러다 또다시 내 눈을 빤히 쳐다보다 말했다.

"멀지 않은 곳에 초록색으로 무성한 숲이 있다고 들었는데…."

귀가 솔깃했다.

"숲? 할아버지도 가 보셨어요?

"보다시피 나는 오래 걸을 수가 없어서 말이지."

"거기가 어딘데요? 제가 대신 가 볼게요!"

"내가 괜한 말을 했구먼. 못 들은 걸로 하게. 섣불리 가는 건 위험하니까….."

할아버지는 벽을 짚고 되돌아가려고 했다.

"잠시만요. 할아버지!"

이미 들었는데 못 들은 걸로 하라니! 나는 얼른 뛰어가 할아버지 앞을 막았다.

"알려 주세요! 그 숲이라는 곳으로 가는 방법!"

할아버지는 멈춰선 채 한참 뜸을 들였다. 말할 듯 말 듯 입술을 달싹였다.

나는 망설이는 할아버지의 마음을 돌리기 위해 주머니에 넣어 둔 영양 알약을 꺼내 할아버지 손에 쥐어 주었다.

할아버지는 고개를 떨군 채 잠시 생각하더니 이내 고개를 들어 내 눈을 쳐다봤다. '이건 비밀이야'라고 미리 경고하는 것 같았다. 할아버지는 손가락을 들어 벽에 갖다 댔다. 굽어서 어디를 정확하게 가리키는지도 알 수 없는 손가락으로 벽 위에 나비 날개 모양을 그렸다. 굽은 손가락은 힘겹게 움직여 오른쪽 위를 가리켰다.

"나비 날개, 나비 날개 너머라네. 나도 아는 것은 이것뿐이야."

"나비 날개요? 그 너머에도 세상이 있나요?"

"자네가 믿는다면 있겠지. 하지만 각오하는 게 좋을 거야. 여태가 본다는 이는 있었는데 돌아온 자는 없었네. 다시 만나지는 못했으니…. 난 분명 경고했네."

할아버지는 내 귀에 가까이 다가와 한 마디 덧붙였다. 뭔가 비밀이야기를 할 것 같아서 몸이 움찔거렸다.

"하지만 정 가고 싶다면 말이지. 한 가지 방법을 알려 주겠네."

할아버지는 숨이 가쁜지 숨을 고르고 다시 말을 이었다.

"나비 날개가 펼쳐지면 그때 나가야 해. 그래야 들키지 않을 거야. 대신 나비 날개가 접히기 전, 그 전에 꼭 돌아와야 해. 명심하게."

나는 할아버지를 보며 고개를 끄덕였다.

이 광장만이 세상 전부라고 알고 있던 내게 할아버지의 말은 상상치도 못한 일이었다. 처음 보는 이상한 할아버지의 말이지만 왠지 진짜라고 믿고 싶었다.

'숲이라니! 솜니움에게도 친구가 있었다고?'

살랑거리는 솜니움을 보니 갑자기 온몸에서 힘이 샘솟는 것 같았다.

*

"라온아, 자니?"

부드럽고 따뜻하면서 익숙한 목소리. 이건 분명 할머니 목소리다.

"할…머니? 할머니!"

고개를 두리번거리며 할머니를 찾았지만 보이지는 않았다. 애타게 할머니를 부르다가 눈을 떴다.

"헉!"

긴장해서였는지 등이 축축하게 젖어 있었다.

'꿈이었구나. 그래, 할머니가 계실 리가 없잖아.'

할머니가 갑자기 사라지고 난 뒤, 주변 사람들은 원래 정신이 온전하지 않았다고 수군댔지만 내가 보기에 할머니는 이상하지 않았다. 다만 언젠가부터 '진실'이라는 단어를 자주 말씀하셨고 걷지도 않고 방에만 틀어박혀 계셨다. 나와 오빠는 할머니의 몫까지 더 열심히 걸었다.

눈을 떴지만 어두워서 보이는 건 없다. 그저 가만히 침대에 누워 있었다. 눈을 뜨는 것도 일어나는 것도 무의미하다. 해가 뜰 때까지 지금 내가 할 수 있는 건 오로지 생각뿐이다. 할머니가 계셨다면 이런저런 문명시대의 이야기를 들려주었을 텐데. 어쩌면 '숲'에 대해서도 알고 계셨을지도 모른다. 오늘따라 할머니의 따뜻한 목소리가 그리웠다.

날이 어두워지면 할머니는 항상 "라온아, 자니?"라고 물어보았고, 내가 "아니요"라고 대답하면 할머니는 어렸을 적, 즉 문명시대 때 이야기를 들려주었다. 예전에 사람들이 어떻게 살았는지, 무엇을 누렸는지 지금과 얼마나 다른 모습으로 살았는지에 관해 들었다. 누구도 말해 주지 않은 이야기였다.

할머니 말에 의하면, 지금처럼 태양이 4시간만 떠 있는 건 순전히 인간의 욕심 때문이다. 태양은 하나면 충분한데, 왜 욕심을 낸 걸까. 하나의 태양에너지에 만족할 수 없던 문명시대 사람들은 무한으로 에너지를 사용하기 위해 인공 태양열을 만드는 연구를 시작했다. 이름하여 '헬리오스 프로젝트'.

태양에서 일어나는 핵융합 반응을 지구에서 재현하자는 발상이었다. 수소가 높은 압력과 1500만 도의 열에 의해 합쳐지면서 헬륨으로 변하고 이 과정에서 엄청난 열에너지가 방출되는 원리인데, 수많은 실패를 거쳐 2070년, 마침내 인공 태양이 완성되었다. 그리고 바로 그날 인간의 모든 문명이 멈추었다.

수소 융합의 부작용으로 거대한 폭발이 일어나 지구를 감싸는 거대한 장막이 생겼기 때문이다. 회색 구름 같은 두꺼운 장막은 지구로 들어오는 진짜 태양 빛까지 가려 버렸다. 다행히 장막으로 덮이지 않은 일부분을 통해 4시간 동안 겨우 태양 빛이 들어온다. 남은 인류가 사는, 바로 이곳이다. 그 외의 지역은 사람이 살 수 없을 정도로 꽁꽁 얼어붙었다고 했다. 문명시대 인간의 욕심이 지금의 이 어두운 세상을 만든 것이다.

이런저런 생각을 하다 보니 창문 너머로 태양이 떠오르는 게 느껴졌다. 곧 나비 날개가 열리는 소리도 들릴 것이다. 이부자리를 박차고 일어나 나갈 준비를 했다. 머릿속은 어제 할아버지가 말한 숲을 찾는 생각으로 가득 차 있었다. 어제부터 머릿속으로 수십 번 나비 광장을 나가는 상상을 했다. 상상만으로도 기분 좋은 떨림을 느꼈다. 하지만 알 수 있는 것도, 확신할 수 있는 것도 없었다. 광장 외에는 단 한 번도 다른 곳으로 가 본 적이 없기 때문이다.

사람들이 머무르는 거주지역을 제외하고는 모든 곳이 황무지라고 들었는데, 갈 수 있을까? 갑자기 추워지면? 길을 잃으면 어떡하지? 다시 돌아올 수 있을까? 미지인 곳으로 간다는 게 두렵기도 했지만, 한편으로는 이상하게 가슴이 두근거렸다.

이제 광장 밖으로 나가기 위해 내가 할 수 있는 만반의 준비를 마쳤다. 가지고 있는 옷 중에서 가장 두껍고 튼튼한 옷을 입고, 장갑과 양말도 두 겹씩 겹쳐 신었다. 길을 잃지 않기 위해 긴 실타래도 챙겼다. 할아버지의 말대로 나비 날개가 접히기 전까지 돌아와야 한다. 그래야 드론에 들키지 않으니까. 문제는 시간을 가늠할 수가 없다는 것이다.

문명시대에서는 하루를 24시간으로 쪼개서 나타냈다고 한다. 1시간은 60분, 1분은 60초. 하지만 이 시간 계산법은 기존의 태양력을 기본으로 했으니, 지금과는 아주 다르다. 이곳 사람들에게 하루의 경계는 태양이 뜨는 4시간. 그저 빛과 어둠으로 나뉜다. 헬리오스 프로젝트 이후로 인류에게 시간은 존재하지 않는 개념이다. 나는 실타래를 넣은 주머니를 만지작거렸다.

쿠우우웅. 나비 날개가 열리는 소리가 들리자마자 나비 조끼를 입고 나섰다. 평소보다 운동화 끈을 더 꽉 조였다. 거대한 나비 날개는 광장을 중심에 두고 양쪽으로 펼쳐져 있었다. 나비 날개가 펼쳐져 있을 때는 감시 드론이 다니지 않는다. 이때를 노려서 광장을 나가는 출입구를 찾아야 한다. 솜니움에게는 미안하지만, 오늘은 인사할 시간이 없을 것 같다.

이른 시간이라 광장에는 아직 아무도 없었다. 원래 솜니움을 만나러 가던 방향 대신 오른쪽의 광장 끝자락을 향해 걸었다. 할아버지가 손가락으로 가리켰던 그 방향이다. 광장을 둘러싸고 있는 외벽까지 가는 건 처음이다.

그동안 왜 매일 걷는 길이 아닌 다른 곳으로 갈 생각을 못 했을까? 회색 콘크리트 벽을 따라 빠르게 걸었다. 어딘가 나비 광장 바깥으로 나가는 문이 있을 것이다. 한참을 걷다 보니 나비 모양의 철조망이 보였다. '나비 날개 너머'라는 할아버지의 말이 생각났다.

'저쪽이야.'

철조망 사이로 손을 넣어 조심스럽게 벽을 밀었다. 딸깍하고 문이 열렸다. 자물쇠도 없었다. 살짝 벌어져 있는 철조망에 손을 넣어 벌렸더니 웅크리면 통과할 수 있을 만큼 둥그런 구멍이 생겼다.

'광장을 벗어나는 건 생각보다 쉬운 일이었구나.'

가져온 실타래를 풀어 철조망에 실을 단단히 묶었다. 돌아오는 길을 잃지 않기 위해서였다. 실타래 뭉치를 느슨하게 풀어 주머니에 넣었다. 드론이 있는지 주변을 한번 살피고 철조망 사이로 몸을 조심스레 통과했다.

광장을 벗어나는 건 처음이었다. 광장 너머에도 세상이 있었다니! 그동안 이 나비 날개를 벗어나는 건 상상도 못 해 봤다. 바깥은 당연히 사람이 살 수 없는 곳이라고 들었고, 이곳을 벗어나는 순간 죽거나 위험에 처할 거라고 생각했기 때문이다. 하지만 나는 지금 광장 밖에 서 있다. 너무나 멀쩡하게. 이 사실만으로도 희열이 느껴졌다.

큰 숨을 몰아쉬고 광장 밖을 걸었다. 왠지 더 차가운 공기가 발목을 스쳤다. 두르고 있던 망토를 몸쪽으로 바짝 끌어당겼다. 광장 밖 세상은 스산했다. 모래바람 외에는 아무것도 없었다. 이런 곳에 과연 숲이 있을까 하는 의문이 들었지만 해가 떠 있는 시간 동안은 조금 더 걸어가 보기로 했다. 실타래는 내가 걷는 만큼 줄어들었다. 얼마나 걸었을까. 저 멀리서 햇빛에 반사되어 반짝 빛나는 게 보였다. 반가운 마음에 그 방향을 따라 빠르게 걸었다. 문명시대에 있었던 도심 구역이 나타났다. 모든 문명이 멈춘 날 그대로의 모습을 간직한 곳. 고개를 뒤로 젖혀도 끝을 알 수 없을 만큼 높은 빌딩들. 그 사이로 모래가 섞인 바람이 이따금 불었다. 눈이 따가워 살짝 눈을 감았다. 그러자 장막이 생기기 전 도시의 생동감 있는 모습이 머릿속에 그려졌다.

많은 사람이 이 거리를 걷고, 자동차가 지나다니고, 햇빛에 반사되어 반짝이는 빌딩 모습을 떠올렸다. 이 또한 예전에 문명시대에 관한 책에서 본 도심 사진 속 풍경이다. 나는 지금 그 사진 속에 서 있었다. 하지만 눈을 다시 떴을 땐, 여기저기 낡고 부서져 형태만 남은 빌딩과 뿌옇게 모래가 쌓여 황무지로 변해 버린 도시만이 남아 있었다.

'도심을 지나면 또 뭐가 있을까? 나비 날개가 접히기 전에 돌아가야 하니 서둘러야 해.'

나는 걸음을 재촉했다. 태양이 떠 있는 위치를 수시로 확인했지만 돌아가야 할 시간을 정확하게 알 수가 없었다.

태양이 정면을 향해 떠 있었다. 남은 시간이 점점 줄어들고 있다는 말이다. 조금 더 걸어가 보고 싶은데 해가 지기 전에 다시 돌아가야 한다는 초조함이 몰려왔다. 해가 떠 있을 때 다시 광장까지 돌아가려면 더 가 볼 수 없을 것 같았다. 주머니에 넣어 둔 실타래도 얼마 남지 않았다. 아쉬운 마음을 뒤로하고 왔던 길을 되돌아왔다. 실타래를 따라 되돌아가니 길을 찾는 건 어렵지 않았다.

다행히 나비 날개는 아직 접히지 않았고 광장은 걷는 사람들로 가득했다. 나는 아무렇지 않은 듯 그 행렬에 자연스럽게 합류했다. 다들 굽은 등으로 바닥만 보며 걷고 있었다. 쳇바퀴를 구르듯 똑같은 방향으로. 목적지도 없이.

걸으면서 엄마와 오빠가 어디 있는지 눈으로 좇았지만 보이지 않았다.

쿠우우웅. 나비 날개가 다시 접히는 소리가 들렸다. 광장을 덮고 있던 나비 날개가 벽이 있는 쪽으로 접히고 있었다. 해가 지니 이제 집으로 가도 된다는 신호다. 어디선가 충전하던 드론이 하늘 위로 모습을 드러냈다. 그제야 사람들이 나비 광장에서 나와 거주지로 이동을 시작했다. 천천히 땅을 보며 떠밀리듯 걷는 사람들 틈에 끼여 걸었다. 더 빨리 걷고 싶었지만 그럴 수는 없었다.

"라온아!"

오빠였다. 좀비 같은 사람들 사이에서 꼿꼿하게 걷는 나는 눈에 띄는 존재이긴 했다.

"어디 있었어? 한참 찾았는데 못 봤거든. 먼저 나가더니 얼마나 많이 걸은 거야?"

오빠는 내 나비 조끼에 기록된 수치를 쳐다봤다. 나는 의심을 살 것 같아 말을 돌렸다.

"엄마는?"

"피곤하다고 먼저 집에 들어가셨어."

"그렇구나. 내가 대신 많이 걸었으니 영양 알약 더 받을 수 있을 거야."

오빠와 나란히 걸어 집으로 돌아갔다. 집으로 가는 길에 붉은 노을이 드리워졌다.

"오빠는 광장 밖으로 나가 본 적 있어?"

"광장 밖으로 왜 나가? 광장 밖은 위험해. 여기가 제일 안전하다고."

"오빠는 광장 밖이 궁금하지 않아?"

오빠는 무슨 뚱딴지같은 소리를 하느냐는 눈빛으로 나를 쳐다보았다. 엄마도 오빠도 내가 뭘 물어보기만 하면 항상 나를 이런 눈빛으로 쳐다본다.

"이라온 또 헛소리 시작이네. 피곤하다. 얼른 들어가자."

오빠는 나를 흘깃 쳐다보곤 못 말린다는 듯 고개를 저으며 먼저 계단에 올라섰다.

이렇게 열심히 모은 태양에너지는 어디로 가는 걸까? 난 궁금한 게 많다. 하지만 오빠나 엄마에게 물어보면 모른다며 그저 쓸데없는 이야기로 치부해 버린다. 우리가 이렇게 안전한 곳에서 먹고사는 건 다 매처 덕분이라는 말만 했다. 매처가 지금 이 세상의 균형을 맞춰 준다고.

엄마는 이것저것 궁금해 하는 내가 특이하다고 했다. 꼭 할머니 같다나. 나는 그 말이 싫지 않았다. 할머니는 뭔가 특별했다. 적어도 내가 보는 할머니는 그랬다. 이렇게 되기 전의 세상에서 태어나신 할머니는 아무것도 할 수 없고, 아무것도 될 수 없는 지금, 이 세상이 무기력하다고 자주 말씀하셨다. 사는 게 사는 게 아니라던 할머니는 결국 어디론가 떠나서 돌아오지 않으셨다. 내가 열두 살 때였다. 할머니가 어디로 가신 거냐고 엄마에게 물어도 아무 말도 하지 않았다. 오히려 원래 할머니라는 존재가 없었던 것처럼 행동했다. 그렇게 할머니는 사라졌다. 영원히.

*

꼬불꼬불한 계단을 따라 올라가 집에 도착했다.

집에 도착하자마자 묵직한 나비 조끼를 문 앞에 내려놓았다. 걸음 수만큼의 숫자가 기록되어 있었다. 확실히 다른 때보다 높은 숫자다. 내일이 되면 다시 숫자는 0으로 바뀌어 있을 것이다. 문득 누군가가 이 숫자를 관리하는 건지 궁금했다. 내가 걸으며 모은 이 나비 조끼의 에너지는 어디로 가는 걸까?

사실 광장을 넘어선 구역에 가는 건 상상해 본 적도 없었다. 그런데 막상 가 보니 생각보다 위험하지 않았다. 광장 너머에는 황무지와 구도심이 있었다. 그렇다면 구도심 너머에도 뭐가 있지 않을까? 질문이 꼬리에 꼬리를 물었다. 광장에 우리가 사는 것처럼 다른 곳에도 사람들이 살고 있을지도 몰라. 머릿속이 복잡했다. 할머니가 계셨다면 뭔가 답을 주셨을 텐데.

할머니는 '왜'라고 의문을 가지는 것이야말로 살아 있는 증거라고 말했다. 그래서인지 할머니의 이야기를 듣다가 궁금한 것이 있으면 자주 물어봤는데 할머니는 다른 사람들처럼 '원래 그런 거야', '넌 특이하구나'라고 하지 않았다. 호기심을 가지는 건 당연한 거고 지금은 특별한 사람들만 할 수 있는 일이라고 말씀하셨다.

내가 숲을 찾기 위해 떠나는 걸 할머니가 봤다면 분명히 응원해 주셨을 것이다.

"라온아, 무슨 생각을 하길래 불러도 대답이 없어?"

엄마가 물과 영양 알약을 건넸다.

"응? 아, 못 들었어. 미안."

"자, 먹어."

영양 알약을 보자 문득 이건 어디에서 왔을지 궁금해졌다. 영양 알약을 나눠 주는 매처 계급은 도대체 어디에 있는 걸까? 드론 말고는 매처에 대해서 아무것도 아는 게 없다.

"엄마, 그런데 할머니는?"

"엄마가 할머니 얘기하지 말라고 했지?"

엄마는 할머니 얘기만 나오면 표정이 굳어 말도 못 꺼내게 했다. 할머니가 갑자기 사라지고 나서 우리에게 불이익이 있을 수도 있다는 소문이 돌았다. 그 때문인지 엄마는 할머니에 관한 얘기는 일절 하지 않았다.

알약을 건네받고 방으로 들어갔다. 방문을 잠그고 조심스레 매트리스 밑에서 책을 꺼냈다. 예전에 할머니가 정신이 온전할 때 보시던 책들이다. 할머니는 방 침대 매트리스 밑에 문명시대에 관해 보던 책들을 몇 권 숨겨 두었다. 엄마는 할머니 물건을 다 치워 버렸지만, 이 책들은 찾지 못했다. 내가 할머니가 보시던 책과 헝겊 주머니를 몰래 챙겨 두었기 때문이다. 할머니는 어두울 때도 책을 읽을 수 있도록 헝겊 주머니에 형광물질을 가득 채워 놓았다. 물론 이제 점점 빛을 잃어 예전만큼 밝지는 않다. 어둠을 밝혀 주는 뭔가가 있다면 실컷 책을 읽을 수 있을 텐데…. 나비 조끼에 찍혀 있었던 많은 수의 숫자가 아른거렸다.

책을 펼치자 케케묵은 냄새와 먼지가 훅 끼쳤다. 나는 숲과 관련된 내용이 있을지 책을 뒤졌다. 할머니도 숲에 대해 알고 계셨다면 뭔가 찾아보지 않았을까 싶어서였다. 책장을 넘기다가 뭔가 툭 하고 바닥에 떨어졌다.

'이게 뭐지?'

바닥에 떨어진 종이를 펼쳤다. 형광물질이 든 주머니를 가까이에 대고 천천히 종이에 쓰여 있는 글씨를 읽었다. 얼마나 자주 폈다가 접었는지 종이는 닳아 너덜너덜 해져 있었다.

나비 날개 너머 빛

그 빛을 따라가라

*

'나비 날개 너머 빛?

나비 날개 너머라면 할아버지가 이야기했던 것과 똑같다. 할머니도 숲에 대해 알고 계셨던 걸지도 모른다. 혹시 할머니도 숲을 찾아 떠나신 걸까? 어쩌면 할아버지가 말했던 숲을 찾아가겠다고 한 사람이 할머니였을지도 모른다. 여러 가지 생각으로 머리가 복잡했다. 하지만 뒤엉켜 있던 머릿속에서 단 한 가지는 선명해지는 것 같았다.

'나비 날개 너머 빛으로 가면 그동안 궁금했던 모든 게 해결될 거야! 숲을 찾을 수도, 거기로 가면 사라진 할머니를 만날 수 있을지도 몰라.'

그런 생각이 들자, 어제처럼 되돌아오지 않고 숲을 찾아야겠다는 생각이 들었다. 4시간 동안 이동할 수 있는 거리는 한정되어 있고, 되돌아오는 시간까지 포함하면 더 멀리 가기는 힘들 테니까 말이다. 감시용 드론에 들키지 않을 방법만 있으면 그곳에 숨어 있다가 해가 뜨면 또 이동해도 될 것이다.

물론 해가 진 시간에 실내가 아니라 밖에 있는 건 처음 겪는 일이라 급격하게 떨어지는 온도 때문에 얼어 죽을 수도 있다. 혹은 감시 드론에 들켜서 공격받을 수도 있다. 길을 잃어 어쩌면 다시 돌아오지 못할 수도 있다. 하지만 숲을 찾는다면 할머니가 사라진 이유도 알 수 있을 것 같았다. 가슴이 뛰었다. 두려움도 있었지만 동시에 설렘도 느껴졌다.

옷장을 열어서 가지고 있는 옷 중에 가장 두꺼운 옷가지와 여분의 영양 알약을 가방에 챙겼다. 할머니가 남긴 쪽지와 문명시대 책도 챙겼다. 가방이 좀 무겁긴 했지만 필요할지도 모른다는 생각 때문이었다. 그리고 엄마와 오빠에게 쪽지를 남겨 두었다. 할머니처럼 갑자기 사라져 버리면 많이 걱정할 테니 말이다. 마지막에 '꼭 돌아올게'라고 쓸 때는 조금 울컥하기도 했다. 하지만 떠나기로 했으니, 마음을 더 강하게 먹어야 했다. 나비 조끼는 챙겨야겠지. 해가 있을 때 걸으면 나비 조끼에 기록은 될 테니 의심을 피할 수 있을 것이다.

만반의 준비를 마친 후 가방을 안고 까무룩 잠이 들었다.

쿠우웅. 나비 날갯소리에 눈을 떴다. 저 멀리서 해가 뜨는지 지평선이 붉게 물들어 있었다. 지금쯤이면 광장에 나비 날개가 펼쳐져 있을 것이다.

나는 나비 조끼를 입고 나와 걸음을 재촉했다. 일찍 가야 사람이 없을 것이다. 광장 밖으로 빠르게 나와 어제처럼 문을 열고 철조망을 넘어 밖으로 나갔다. 한 번 다녀온 길이라 익숙해서 그런지 어제보다 훨씬 빠르게 구도심에 도착했다.

모래에 덮여서 누렇게 변해 버린 도심을 지나니 문명시대 사람들이 살던 주거지역이 나왔다.

주거지역이라는 걸 알 수 있었던 건 마을 초입에 입간판이 세워져 있었기 때문이다.

'초록마을에 오신 걸 환영합니다.'

가던 길을 멈추고 주택가 안으로 들어섰다. 순전히 호기심 때문이었다. 숲에 대한 정보를 찾을지도 모른다. 구도심처럼 황량하고 온갖 것이 모래에 덮여 형체만 남아 있었다. 하지만 지금 사는 곳처럼 계단 중간중간 떠 있는 돔 형태가 아니었다. 큰 마당이 딸린

집도 있었고, 도심에서 봤던 빌딩처럼 높다란 건물도 있었다. 저 공간에서 사람들은 어떻게 살았을까? 무얼 먹고 무슨 생각을 하고 무슨 일을 했을까? 지금의 모습을 상상이나 했을까? 황량해진 주거지를 지나면서 상념에 사로잡혔다.

"누구야? 여긴 내 구역인데,"

말소리에 심장이 덜컹 내려앉았다. 소리 나는 쪽으로 고개를 돌렸다.

약간 광택이 있는 검고 긴 망토를 입은 호리호리한 체격의 남자가 서 있었다. 키는 나보다 한참 커서 고개를 뒤로 젖혀서 봐야 했다. 마스크를 끼고 있어서 얼굴의 반은 가려져 있었다.

"소속이 어디야?"

"누, 누구세요? 소속이요?"

"어디서 왔냐고!"

남자가 날 선 목소리로 말했다. 낯선 이를 마주친 것 자체가 두려웠지만 마음을 가다듬고 최대한 태연하게 대답했다.

"저는 저기서 왔어요."

왠지 나비 날개 광장에서 왔다고 하면 잡아갈 것만 같아서 대충 둘러댔다.

"그, 그러는 당신은 누구세요?"

나는 괜히 앙칼지게 되물었다.

"낡은 행색에, 에너지 조끼. 음, 너는 혹시 기버 종족?"

남자가 위아래로 나를 훑어보더니 경계가 풀어진 듯 한결 나긋하게 말했다.

"기, 기버? 그게 뭔데요?"

"기버는 말 그대로 에너지를 주는 종족이지. 난 테이커야. 문명시대 물건들을 수집해서 되파는 종족. 문명시대 말로는 고물상 아니 거래자라던가."

남자는 묻지도 않은 말을 술술 꺼냈다.

"하여튼 기버 종족은 처음 봐서 신기하네. 반가워."

남자는 손을 내밀었다.

나는 그 내민 손을 보고만 있었다. 어쩌라는 거지.

남자는 머뭇대는 나를 보고 웃으며 내 손을 잡고 위아래로 흔들었다.

"뭐, 뭐 하는 거예요!"

"이건 문명어로 악수라는 거야. 반갑다는 뜻이야. 너에게 악의가 없다는 표시기도 하고. 이제 우리는 친구야."

남자는 마스크를 벗었다. 키는 컸지만, 얼굴은 지온이 오빠 정도로 앳돼 보였다. 나를 해칠 사람은 아니라는 생각이 들었다. 오빠처럼 나를 귀여워하는 게 느껴졌기 때문이다. 아니 신기해하는 건가.

광장 밖에서 처음 만난 사람이라 사실 나도 궁금한 게 많았다.

"여긴 어디고, 아까 말한 그 기버는 무슨 뜻이에요? 제가 기버라고요?"

"너는 전혀 아는 게 없구나?"

남자는 잠시 머뭇대더니 다시 설명을 해 주었다.

남자의 말로는 이 세계에는 기버, 테이커 그리고 매처 종족이 있다고 했다. 기버들은 에너지를 생산하고, 테이커들은 스스로 물건을 구해서 거래를 통해 살고 있다고 했다. 이 모든 건 지배계급인 매처가 관장한다는 것이다.

"매처는 어디 있는데요?"

"그건 나도 몰라. 어딘가에 자기들끼리 모여 살겠지. 우리 테이커들은 이리저리 떠돌아다니는 신세니까."

우리가 에너지를 만드는 종족이라고? 그럼 그 에너지는 누가 쓰는 건데? 갑자기 화가 났다. 어쩌면 우리가 열심히 걸어서 모은 에너지가 매처에게 가고 있을지도 모른다. 우리가 어둠의 시간을 보낼 때 그들은 빛의 시간을 보내고 있을지도 모를 일이었다. 거대한 숲도 자신들만 독차지하고 있을지도 모른다. 그런 생각이 들자 한시라도 빨리 숲을 찾으러 가고 싶었다.

"그런데 넌 혼자서 어디 가는 거니? 꼬맹아."

"숲, 아니 할머니를 찾으러 가요. 혹시 숲이 어디 있는지 알아요?"

"숲? 들어 본 것도 같고. 하지만 안다고 해도 공짜로 알려 줄 수는 없지."

남자는 웃으며 말했다. 오빠처럼 앳되고 나를 해치지 않을 것 같다는 말은 취소다. 인제 보니 순 사기꾼 같다.

나는 대꾸하지 않고 다시 길을 나설 채비를 했다.

"잠깐, 나도 숲을 본 적은 없지만 들은 적은 있어."

뒤돌아서는데 남자가 다급하게 말했다.

"진짜예요? 어디로 가면 되는데요?"

내 대답에 남자가 바짝 다가와서 말했다.

"내가 본 첫 기버 종족이라서 말해 주는 거야. 빛. 빛을 따라가 봐."

"빛? 도대체 그게 어디 있는 거죠? 아직 보지 못했어요."

남자는 갑자기 나를 휙 밀치고 망토를 휘날리며 반대편으로 뛰어갔다.

"앗!"

남자의 힘에 발을 헛디뎌 중심을 잃고 바닥에 나동그라졌다.

남자는 한참을 뛰어가다 뒤돌아서 말했다. 남자의 손에는 할머니의 문명시대 책이 들려 있었다.

"저걸 언제 가져간 거지!"

나는 가방에 손을 넣어 이리저리 휘저었지만, 잡히는 게 없었다. 저 자식이 훔쳐 간 게 분명하다. 아차 싶었다.

'테이커 종족은 교활하구나.'

"야! 그거 우리 할머니 책이라고! 얼른 돌려줘!'

뒤쫓아 가려고 일어서는 한쪽 다리에서 극심한 통증이 느껴졌다. 그대로 다시 주저앉았다.

'부러진 건 아니겠지.'

비타민D가 부족해서 뼈가 약하기 때문에 넘어지면 쉽게 부러졌다. 내일 또 걸어야 하는데 다리가 부러진 거면 큰일이었다.

남자는 히죽대며 멀리서 소리쳤다.

"미안! 대신 이거 줄게. 배고플 때 먹어. 에너지바야."

남자가 저 멀리서 뭔가를 던졌다. 땅바닥에 떨어진 것은 손가락 한 마디 정도 크기의 검은색 네모난 모양이었다. 영양 알약 말고는 뭘 먹어 본 적이 없었는데 다른 식량이 있었구나. 일단 식량을 주머니에 넣었다.

"그리고 빛을 따라가라는 말은 진짜야! 빛이 보이면 그걸 따라가 봐!"

남자는 그 말을 남긴 뒤 뒤돌아서 다시 뛰어갔다.

낯선 사람은 조심해야겠다. 앞으로 다시 누군가를 만난다면 그대로 도망치리라 결심했다.

잠시 앉아서 쉬니 걸을 정도는 되었다. 다행히 뼈가 부러진 건 아닌 것 같았다. 다시 일어나 천천히 걸었다. 한쪽 다리에 통증이 아직 있어서 절뚝거렸다.

주거지역을 지나니 또 황무지가 펼쳐졌다. 어느새 해가 뉘엿뉘엿 지고 있었다. 원래 같으면 돌아갈 채비를 했겠지만, 오늘은 오히려 더 힘차게 앞으로 나아갔다. 이제 한 번도 가 보지 않았던 길로 갈 수 있는 것이다. 한 번도 가 본 적 없는 미지의 영역. 몸은 피곤했지만, 마음으로는 계속 걸어가고 싶었다. 해가 완전히 저물 때까지 가야지. 어차피 황무지라 거칠 것이 없었다.

해가 완전히 지고 깜깜해졌다. 내일을 위해 그만 걸어야겠다. 어둠이 지날 때까지 묵을 장소를 찾았다. 황무지라 어디를 둘러보아도 아무것도 없어서 적당한 곳에 옷을 깔고 누웠다. 그제야 허기가 느껴졌다. 아까 남자가 던져 준 검은색 에너지바를 꺼냈다. 조심스럽게 한 입 베어 물었다. 신기했다. 영양 알약과 달리 씹으면 씹을수록 달콤한 맛이 느껴졌다. 맛, 그래 맛이 있었다. 테이커들은 이렇게 맛있는 걸 먹고 살고 있구나. 그럼 매처들은 어떤 걸 먹고 사는 걸까? 궁금했다.

어둠에 익숙하다고 생각했지만, 낯선 공간에서 어둠은 또 달랐다. 해가 지니 기온이 낮아져 팔뚝에 닭살이 돋았다. 바람 소리인 듯 스산한 소리도 들려서 무서웠다. 머리끝까지 담요로 잘 감쌌다. 누워서 오늘 지나온 길들을 떠올렸다. 광장에 있었다면 보지 못했을 많은 것들을 보았다. 그 테이커라는 남자를 만난 것도 수확이었다. 물론 할머니의 책을 빼앗기긴 했지만. 광장에서 멀어질수록 새로운 것들이 보이기 시작했다. 내가 사는 세상이 전부인 것처럼 믿고 있었는데 아닐 수 있다는 확신이 들었다. 동시에 숲에 대한 강렬한 호기심이 일었다.

더 빨리 그곳으로 가고 싶었다. 마음은 당장 달려가고 싶지만,

평소보다 많이 걸어서 그런지 피곤이 몰려왔다. 눈이 절로 끔뻑끔뻑했다.

눈을 감자 금세 잠에 빠져들었다.

*

"악."

몸을 일으키니 한쪽 다리 통증이 어제보다 더 심해졌다. 손으로 만져 보니 발목이 조금 부어 있었다. 이 상태로는 어제처럼 빠르게 갈 수는 없을 것 같았다.

'해가 뜰 때까지 기다릴까.'

어두운 상태에서는 방향을 가늠하기도 힘들어서 일단 해가 뜰 때까지 기다리기로 했다. 이곳엔 나비 날개가 펼쳐지는 소리 따위는 없었다. 다행히 곧 멀리서 불그스름한 빛이 떠올랐다.

이제 떠날 시간이다. 습관처럼 옆에 벗어 두었던 나비 조끼를 챙겨 들었다. 일어서다가 다리에 힘이 빠져서 조끼를 바닥에 떨어트렸다. 문득 늘 입고 다니던 조끼에 의문이 들었다. 모든 사람에게 지급되는 이 나비 조끼는 해가 떠 있을 때 개인의 활동량을 체크하고 태양 빛을 에너지로 저장하는 역할을 한다. 그래야 영양 알약을 배급받을 수 있으니까. 광장 사람들에게 나비 조끼는 곧 생존을 의미했다. 그런데 4시간을 걷고 나면 생기는 숫자, 다음 날이면 0이 되는 숫자. 그리고 조끼 앞쪽에 있는 숫자. 도대체 누가, 어디에서 이 숫자를 관리하는 걸까. 그리고 저장된 이 많은 에너지는 도대체 어디로 가는 걸까? 적어도 나에게는 에너지가 필요한 물건이 하나도 없는데 말이다. 그런 것도 모른 채 매일 열심히 모으고만 있다는 생각이 들었다. 그런 생각이 들자, 조끼를 더 이상 입고 있기가 싫었다.

정말로 조끼를 통해 누군가에게 감시받고 있다면 조끼가 없는 채로 시간이 지나면 알게 될 것이다. 나는 조끼를 땅바닥에 벗어 던졌다. 그리고 붉게 태양 빛이 들어오는 곳을 향해 걷기 시작했다. 다리 통증 때문에 계속 걷는 게 쉽지는 않았다.

조금 걷다가 멈추고 다시 걷기를 반복했다. 태양은 어느새 머리 꼭대기에 와 있었다.

'도대체 숲은 어디 있는 거지? 있긴 한 걸까?'

끝없이 펼쳐진 황무지 지평선을 보자 한숨이 나왔다.

방향을 잘못 잡은 걸까? 애초에 할아버지가 잘못 알고 있던 건 아닐까. 처음 보는 할아버지의 말을 덥석 믿은 것은 아닐지. 슬슬 숲이 있다는 확신이 약해지고 있었다. 부정적인 생각이 꼬리에 꼬리를 물었다. 고개를 세차게 저었다.

'아니야, 분명히 있을 거야. 할아버지가 믿으면, 있다고 했잖아. 내가 안 믿으면 누굴 믿어. 조금만 더 가 보자.'

마음을 다잡고 좀 더 걸어 보기로 했다. 그런데 저 멀리 바닥에서 뭔가 반짝이는 게 보였다.

'뭐지? 잘못 본 걸까?'

문득 할머니가 남긴 쪽지에 적혀 있던 '나비 날개 너머 빛'이 떠올랐다.

'혹시 저게 나비 날개 너머의 빛?'

반짝임이 보였던 곳으로 서둘러 걸음을 옮겼다. 역시 빛이 있었던 거다. 나는 신나서 통증도 잊고 빨리 걸어갔다.

하지만 막상 도착하니 빛은 보이지 않았다. 그저 모래바람에 살짝 움푹 팬 곳들이 보일 뿐이었다.

'이상한데. 아무것도 없는데 아까 그 빛은 어디서 온 거지?'

잘못 본 게 아니라면 좀 전에 본 것은 무언가 햇빛에 반사된 것임이 틀림없었다. 나비 날개에서 항상 보던 것이니까. 움푹 팬 곳 주변의 모래를 걷어 내 보았다.

뭔가 딱딱한 것이 만져졌다. 모래를 치워 보니 철로 된 뭔가가 숨겨져 있었다.

'이게 뭐지?'

그 주변 바닥을 좀 더 파보았다. 둥그런 모양의 거대한 파이프였다. 쇠로 만들어진 이 파이프가 해에 반사되어 빛을 보였던 것이리라. 폭이 얼마나 큰지 모래를 한참 파 내려가도 끝이 보이지 않았다.

'혹시 이게 빛의 길? 이 파이프가 매처와 연결되는 거라면?'

나는 할머니의 쪽지에 적혀 있던 '빛의 길을 따라가라'라는 말을 떠올리며 확신했다. 파이프를 따라가 보기로 했다. 모래바람 때문에 덮여 있었을 뿐 모래를 살짝만 걷어 내니 은빛의 파이프가 드러났다. 얼마나 길게 연결되어 있을지, 이 길의 끝에 무엇이 있을지 궁금했다. 아직 추측일 뿐이었지만 벌써 답을 찾은 것처럼 기뻤다.

아픈 다리를 끌고 최선을 다해 걸었다. 한쪽 다리로만 힘을 주다 보니 금세 지치고 빠르게 갈 수도 없었지만, 지체할 수 없었다. 숲을 볼 수 있다는 기대에 통증도 잊고 계속 걸었다.

한참을 걷다 보니 어느새 불그스름한 노을이 보이기 시작했다.

그런데 이상했다.

'왜 이렇게 힘들지? 체력이 떨어진 걸까?'

해가 질 것 같아서 걸음을 재촉했는데 이상하게 아까보다 더 힘들게 느껴졌다. 보이는 건 황무지가 펼쳐져 있는 평지인데 막상 걸으니, 평지가 아니라 약간의 오르막길이었다. 문명시대 책에서 본 도깨비 길 같은 걸까.

난 허공에 손을 저었다. 그러자 무언가에 가려진 듯 손이 보이지 않았다. 놀라서 한 걸음 더 걸으니 다시 손이 보였다. 이 황무지는 홀로그램으로 만든 가짜 영상이었다. 조심스레 홀로그램 영상을 통과했다. 몸이 닿는 부분이 지지직 하며 화면이 일그러졌다.

'뭐지? 누가 이런 걸 만들어 둔 거지?'

홀로그램을 지나 오르막길 끝에서 내려다본 풍경에 입이 떡 벌어졌다. 처음 보는 엄청난 광경이었다. 솜니움의 백배 아니 천배쯤 되어 보이는 커다란 초록색 식물들이 빼곡하게 심겨 있었다.

"이게 숲이라는 걸까? 숲이 진짜 있었어!"

나는 홀린 듯이 숲을 향해 내려갔다. 약간 내리막길이었지만 모래로 가득 차 있어 거의 미끄럼을 타듯 자세를 낮춰야 했다. 자세히 보니 초록색이 나비 날개 모양으로 심겨 있었다.

광장을 나올 때 봤던 문에 있는 철조망 모양과 같았다. 저곳이 숲으로 가는 입구일지도 모른다. 나는 빠르게 숲을 향해 걸었다.

그때 어디선가 요란한 경보음이 울렸다.

"매처 계급 지역에 침입자 발생, 침입자 발생. 확인 바람."

소리가 나는 쪽으로 고개를 돌아보니 멀리서 드론 3대가 나를 향해 돌진하고 있었다.

"태양 조끼가 없어 식별 불가. 전기 생산용 기버 종족이 탈출한 것으로 보임."

"바이러스 감염 위협이 있으니 즉시 사살 바람."

"공격 태세 조준 완료."

나를 향해 다가오는 빨간 점 3개를 멍하니 쳐다보고 있었다. 누군가 마취총이라도 쏜 듯 움직일 수가 없었다. 그러다 어렴풋이 할머니 목소리가 들렸다.

"라온아, 자니?"

할머니! 퍼뜩 정신이 났다. 눈앞에 숲이 펼쳐져 있는데 이대로 멈출 순 없었다. 이 상황에서 할머니라면 어떻게 했을까? 생각하자. 생각해야 해! 찰나지만 많은 걸 떠올렸다.

할머니의 책과 쪽지, 솜니움, 할아버지의 얼굴과 테이커의 말까지. 생각의 끝에는 마음만이 남았다. 그곳으로 가야겠다는 마음만이.

일단 드론을 피해 숲을 향해 뛰었다. 통증이고 뭐고 따질 겨를이 없었다. 저 숲으로 뛰어가면 솜니움의 친구들을 만날 것이다. 솜니움의 친구들과 인사하고 만지고 향을 맡을 것이다. 직접 본 숲의 모습을, 냄새를, 감촉을 할아버지에게 가서 말해 줄 것이다. 어쩌면 할머니를 만날 수 있을지도 모른다. 가슴은 벅차오르지만, 다리에선 점점 힘이 빠지고 경보음은 점점 가까워졌다. 마지막으로 있는 힘껏 숲으로 몸을 날렸다. 솜니움의 친구들은 기꺼이 나를 받아 줄 것이다. 어쩌면 할머니의 품처럼 아주 따뜻하고 푹신할지도 모른다. 상상만으로도 설렜다. 나는 미소를 지으며 눈을 감았다.

그때였다. 누군가가 내 팔을 잡아당겼다. 급하게 당기는 힘에 공중에 뜬 몸이 휘청거렸다.

꿈인가. 나는 가늘게 눈을 떴다. 눈앞에는 검은 망토에 마스크를 쓴 그 남자가 서 있었다.

"너는 테….."

놀라서 말을 잇기가 어려웠다.

"나도 숲이 궁금해졌거든."

흐느적거리는 나를 쳐다보며 남자가 한쪽 눈을 깜빡였다.

"책값은 해야지. 책에 숲에 대해서 누가 남긴 메모를 찾았어. 가 보자. 거기로."

남자는 내 팔을 잡아끌며 따라오는 드론의 반대 방향으로 뛰었다.

'할머니가 남긴 메모일지도 몰라.'

나는 고개를 끄덕이며 남자의 손을 꽉 잡았다. 숲은 점점 작아졌지만, 솜니움처럼 살랑거리는 게 보였다. 마치 배웅을 해 주는 것처럼.

나는 솜니움의 친구들을 보며 속으로 중얼거렸다.

'다시 만나자. 꼭!'

따뜻한 햇볕을 쬐며 산책하는 걸 좋아합니다. 맑은 하늘과 따사로운 햇볕이 만들어 내는 장면을 보면 기분이 좋아요. 산책하다가 문득 이런 생각이 들었습니다. 해가 있는 시간이 줄어들면 어떨까? 아예 해가 사라져 버린다면? 그런 세상에 사는 사람들은 어떨까?

〈솜니움〉은 그런 상상에서 시작되었어요.

라온은 해가 4시간밖에 들지 않는 세상에 살고 있어요. 문명이 멈춰 아무것도 할 수 없는, 꿈이 사라져 버린 시대죠. 라온은 다른 사람과 다른 특별한 점이 있는데요. 바로 호기심이 가득하다는 거예요. 그래서 누구도 하지 않는 모험을 시작하게 되죠. 위험할 수도 있고 돌아오지 못할 수도 있지만, 라온에게는 호기심을 해결하는 게 더 중요했던 거예요.

산다는 건 꼭 생존만을 의미하진 않아요. 인간은 의미를 갈구하는 존재이기 때문이죠. 호기심은 인간의 본능이고 그 본능이 우리를 더 인간답게 만든다고 생각해요. 때로는 호기심이 더 큰 세계로 이끌어 주기도 하고요.

어른이 되면서 빈도는 줄었지만 때때로 살아 있다고 느끼는 순간이 있는데요. 바로 이 호기심이 생길 때예요. 호기심이 작동하면 눈이 동그래지고, 엔도르핀이 돌고, 마음이 바빠져요. 궁금한 건 못 참잖아요! 이런 작은 호기심으로 시작한 일이 훗날 나를 바꿀 무언가로 이어지기도 하고요. 어쩌면 호기심은 꿈을 만들어 주는 강력한 도구가 아닐까요?

여러분의 일상에도 호기심이 가득하길!

또 언젠가 여러분만의 '솜니움'을 발견하기를 바라요!

신현정 대학에서 신문방송학을 공부했고, 방송과 광고를 만들다가 지금은 JY스토리텔링 아카데미에서 어린이와 청소년을 위한 책을 쓰고 있다. 늘 곁에 두고 싶은 좋은 친구 같은 책을 쓰는 게 목표다. 지은 책으로는 《반짝반짝 궁전 속 세계문화》(공저), 《칭찬하는 게 어렵다고?》, 《화해하고 싶은데 어떡해?》가 있다.

기억의 미로

고
수
진

투둑투둑. 우산 위로 떨어지는 빗소리가 요란하다. 정신없이 고막을 때리는 소리에 머리가 지끈거렸다. 며칠 전 느닷없이 시작된 두통이 심해지고 있었다.

오늘 아침엔 머리가 아프다고 아빠에게 말하려다 관두고 말았다. 말을 꺼내자마자 아빠는 당장 외출을 금지하고 나를 집 안에만 가둬둘 게 뻔하기 때문이다.

빨리 침대에 누워 쉬고 싶었다. 나는 방향을 바꿔 큰길 대신 담벼락이 쭉 이어진 좁은 골목길로 들어섰다. 인적은 드물어도 집으로 가는 가장 빠른 길이었다.

골목길에 반쯤 접어들었을 무렵, 무언가를 보고 멈칫했다. 시선 끝에 누군가 있었다. 검은 모자를 깊숙이 눌러 쓴 남자였다.

'어? 저 사람은…!'

나도 모르게 뒷걸음질 쳤다. 벌써 며칠째 내 주위를 맴도는 사람이었다. 처음 몇 번 마주쳤을 때는 우연이겠거니 했다. 그러나 어제는 우리 집 근처를 서성이기까지 했다.

그가 나를 향해 한 걸음 다가왔다.

– 으악! 안 돼!

그 순간 머릿속의 조명이 툭, 하고 꺼진 듯하더니 어떤 여자의 비명이 머릿속을 뒤흔들었다. 머리가 깨질 듯이 아팠다. 주변을 둘러봤지만, 이 골목엔 검은 모자를 쓴 남자와 나, 둘뿐이었다. 알 수 없는 여자의 비명은 끊임없이 내 귓가를 찔러 댔다. 나는 우산을 내던지고 귀를 틀어막았다. 그러나 소용없었다. 날카로운 칼날이 머릿속을 파고들어 두개골을 깨트리는 것 같았다.

곧이어 내 어깨를 잡고 흔드는 묵직한 손아귀의 힘이 느껴졌다.

– 도망쳐!

또다시 여자의 비명이 울려 퍼졌다. 나는 온 힘을 다해 어깨를 쥐고 있는 손을 떨쳐 냈다. 그리고 낼 수 있는 가장 빠른 속도로 뛰었다. 그에게 붙잡히면, 아마도 나는 죽을지도 모른다. 검은 모자를 쓴 남자가 품속에서 꺼낸 칼로 나를 사정없이 찔러 대고 음흉한 웃음을 흘릴 거다. 이유도 없이 그런 생각들이 떠올랐다.

검은 모자를 쓴 남자가 고함을 지르며 쫓아왔다. 그러나 빗소리에 파묻혀 무슨 말인지 잘 들리지 않았다.

나는 모퉁이를 도는 동시에 교복 치마 주머니에 손을 넣었다.

일일이(112), 일일이(112)…. 주문을 외듯 입속으로 중얼거리며 핸드폰을 쥐었다. 막 꺼내려던 찰나, 얼핏 보면 볼펜처럼 생긴 롤러블 형태의 핸드폰이 손에서 미끄러지듯 빠져나갔다. 뒤편으로 날아간 핸드폰은 검은 모자를 쓴 남자와 나 사이에 툭 떨어졌다.

검은 모자를 쓴 남자는 연신 기침을 터트리면서도 끈질기게 이쪽으로 달려오고 있었다. 바닥에 떨어진 핸드폰을 주우러 돌아갔다가는 뒷덜미를 잡힐 터였다. 핸드폰을 포기하고 다시 앞으로 몸을 돌렸다.

"미로야!"

그때, 누군가 내 이름을 불렀다. 아빠였다! 아빠는 내 어깨를 와락 끌어안았다.

"무슨 일이야? 왜 그래? 괜찮아?"

"누가 저를 쫓아와요!"

"누가!"

"검은 모자를 쓴 남자가요!"

나는 뒤쪽을 가리켰다. 하지만 그 자리에는 아무도 없었다.

"쫓아오긴 누가 쫓아온다고 그래? 너 혼자 달려오고 있었어!"

"아니에요. 분명 누가 저를 쫓아왔어요. 방금까지 있었다고요!"

"네가 잘못 본 거야. 너를 쫓아오는 사람은 아무도 없었어."

"아니라고요!"

아빠는 내 말을 전혀 믿지 않았다. 답답해서 가슴이 터질 것 같았다. 아빠는 왜 내가 잘못 보았다고 이토록 확신하는 걸까?

✳

그날 밤, 나는 한참 동안 몸을 뒤척이다 겨우 잠이 들었다.

"해윤아!"

날카롭게 울리는 소리에 눈을 번쩍 떴다. 벽에 걸린 시계를 보니 아직 새벽 3시였다. 해윤? 낯선 이름이었다. 문득 문밖에서 가느다란 신음 소리가 들렸다. 가슴이 쿵쾅거렸다. 무언가에 이끌리듯 방문을 살짝 열고 문틈에 눈을 갖다 댔다.

눈이 어둠에 익숙해질 무렵, 눈앞에 펼쳐진 광경은 믿을 수 없을 정도로 끔찍했다. 어떤 여자가 피를 흘린 채 바닥에 쓰러져 있었고, 한 남자가 그 앞에 서 있었다. 피가 뚝뚝 떨어지는 칼을 손에 꼭 쥔 채였다.

"헉!"

내가 숨을 들이켜는 소리에 그가 내 쪽으로 고개를 돌렸다. 온통 검은빛으로 가려진 얼굴에 눈만 새하얗게 번뜩이고 있었다.

그는 나를 향해 외쳤다.

"난 아니야. 아니라고!"

그 소리에 눈을 번쩍 떴다. 나는 내 방 침대 위에 누워 있었다. 얼굴에 식은땀이 흥건했다. 벽에 걸린 시계를 보니 아직 새벽 3시였다. 가만히 누운 채 거친 숨을 몰아쉬었다. 너무 이상한 꿈이었다. 목이 탔다.

물을 마시려고 1층으로 내려갔다. 주방에 가기 위해 아빠 방을 지나치는데, 안에서 아빠의 말소리가 새어 나왔다.

'이 시간에 웬 통화?'

어깨를 으쓱하고는, 싱크대 위 수납장을 열어 컵을 꺼냈다. 무늬가 없는 푸른색 사기 컵이었다. 조용히 물을 따르고 나서 다시 내 방으로 향했다.

"…미로는 아직도 혼란스러워하고 있어!"

아빠의 방을 지나치는 순간, 얼핏 내 이름이 들렸다. 나는 걸음을 되돌렸다. 그리고 방문 앞에 서서 귀를 기울였다.

"당신은 그런 말 할 자격이 없어. 미로 앞에 다시는 나타나지 마!"

아빠가 흥분한 목소리로 상대에게 화를 내고 있었다.

'내 앞에 다시는 나타나지 말라고? 그게 무슨… 설마…!'

머릿속이 혼란스러워지자, 또다시 두통이 시작됐다. 아빠는 날 쫓아오던 그 남자를 본 게 틀림없다. 심지어 아는 사이다. 그런데도 내게 거짓말을 했다. 도대체 왜? 두통은 더 이상 참기 힘들 지경이 되었다. 나는 벽을 짚고 비틀거렸다. 컵 속에 담긴 물이 넘칠 듯이 출렁거렸다.

"미로는 이제 내 딸이야!"

이 말을 끝으로, 갑자기 아빠의 목소리가 뚝 끊겼다. 그러더니 방문이 벌컥 열렸다. 나는 들고 있던 컵을 바닥에 떨어트렸다. 컵이 요란한 소리를 내며 산산조각 났다.

고개를 들어 앞을 바라보았다. 문 앞에 선 아빠가 무서운 표정으로 나를 보며 서 있었다. 나는 벽에 기댄 채 스르르 주저앉았고, 그대로 곧 정신을 잃었다.

*

창문으로 들이비치는 아침 햇살에 눈이 저절로 떠졌다. 난 내방 침대에 누워 있었다. 문득 지난밤에 있었던 일들이 떠올랐다. 꿈과 현실이 뒤섞여 모든 게 뒤죽박죽이었다. 어디서부터 어디까지가 꿈이었을까? 무언가를 깊이 생각할수록 머리가 지끈거렸다.

계단을 타고 1층으로 내려갔다. 오래된 나무 계단이 삐거덕거리는 소리가 두통을 더 부추겼다.

계단 아래에 내려서자, 식탁에 앉아 커피를 마시는 아빠가 보였다.

"굿모닝!"

아빠가 아침 인사를 건넸다. 평온한 얼굴이었다. 지난 새벽에 무서운 표정으로 나를 쳐다보던 모습은 온데간데없었다.

"잘 못 잤어? 얼굴이 왜 이렇게 푸석해?"

내가 아무 말이 없자 아빠가 다시 말을 걸었다.

나는 침을 꿀꺽 삼키고 입을 열었다.

"새벽에 누구랑 통화하셨어요?"

"응?"

"다 들었어요. 어제 절 쫓아오던 사람이랑 통화하셨죠?"

"어제부터 왜 자꾸 이상한 말을 하고 그래? 대체 누가 쫓아왔다고. 그리고 새벽에 통화라니? 꿈이라도 꿨니?"

아무렇지도 않게 시침을 떼는 아빠의 표정이 가증스러워 보였다.

아빠가 다가와 내 앞에 마주 섰다. 나는 두어 걸음 물러나 다시 거리를 두었다.

"거짓말하지 마세요. 제가 다 들었다고요."

"요즘 왜 이렇게 예민해? 혹시 또 약 안 먹었니?"

"…."

나는 대답하지 않았다.

아빠의 표정이 순식간에 굳어졌다. 그러더니 나를 지나쳐 2층으로 성큼성큼 올라갔다. 나는 아빠의 다음 행동을 알고 있다. 내 방문을 벌컥 열고 안으로 들어간다. 책상 서랍을 연다. 약통을 꺼낸 다음, 안에 담긴 약을 책상 위에 쏟아붓는다.

좌르르.

책상 위로 흰색 알약들이 데구루루 굴렀다. 예상대로였다.

"너 어쩌려고 이래? 왜 자꾸 약을 안 먹어? 그러니까 자꾸 이상한 소리 하는 거 아니야?"

"이상한 소리 아니에요. 어제 진짜 누가 나를 쫓아왔단 말이에요! 아빠도 봤잖아요. 새벽에도 분명…."

"미로야, 제발…. 얼른 나아야지. 아빠는 너 때문에 사는데…."

하, 또 그 말이다. 나 때문에 산다는 그 말. 아빠가 흐느끼는 목소리로 이 말을 꺼내면 나는 여지없이 흔들리고 만다.

3년 전, 엄마에게 물려받은 유전성 심장질환이 발병했다. 그 후 아빠는 자신의 삶을 내팽개치고 내 치료에만 몰두했다. 늦은 저녁에 지친 기색으로 퇴근을 한 뒤에도 좁은 병실에서 쪽잠을 자며 밤새도록 나를 간호했다. 시간이 지날수록 아빠는 아픈 나보다 더 야위어 갔고, 눈에선 생기가 사라졌다.

그러나 내 병은 갈수록 나빠지기만 했다. 결국 의사가 바이오 인공 심장을 이식하는 수술을 권유했다. 성공 확률이 희박한 수술이었다. 아빠는 고민에 빠졌다. 그런데 내 상태가 갑자기 위독해졌고, 더 생각할 새도 없이 수술이 진행되었다.

다행히 수술은 성공적이었다. 기적적으로 병이 완치된 것이다. 하지만 뜻하지 않게 부작용에 시달리게 되었다. 어느 순간 불쑥 나타났다가 사라지는 환영과 환청. 그러고 나면 숨 막힐 듯 찾아오는 불안이 그 증상이었다. 심한 날에는 신경이 잔뜩 날카로워져서 누군가의 사소한 눈길 하나에도 알 수 없는 공포에 사로잡혔다.

그래서 아빠가 챙겨 주는 약을 빼먹지 않고 먹어야 했다. 하지만 이상하게도 그 약을 먹고 나면 기분이 좋지 않았다. 어떤 날은 밑바닥까지 가라앉는 기분을 견디다 못해 며칠 내내 잠만 잘 때도 있었다. 아빠는 그게 신경을 안정시켜 주는 약의 효과 때문이라고 했다.

"아빠는 미로를 위해서라면 뭐든지 다 할 수 있어. 그러니까 미로도 아빠를 위해 빨리 나아야지."

책상 앞에 선 아빠가 내 어깨를 붙잡고 사정하듯 말했다. 나는 어쩔 수 없이 또 마음이 약해졌다.

'아빠가 내게 거짓말할 이유가 없어. 꿈이 너무 생생해서 착각했나 봐.'

그렇게 생각하니 차라리 마음이 편했다.

"알았어요. 약 먹을게요."

나는 고개를 끄덕였다. 그런 후 책상 위에 쏟아진 알약들을 약통에 주워 담기 시작했다. 그즈음 초인종 소리가 울렸다. 아직 8시도 되지 않은 이른 시각이었다.

"안녕!"

아빠와 함께 내 방에 들어온 여자는 굵은 테의 안경 너머로 나를 훑어보았다. 오늘 처음 본 사람인데도 왠지 낯이 익었다.

"차 박사님이셔. 너 검사하러 오신 거야. 요즘 많이 불안해 보여서 아빠가 부탁 좀 드렸어."

'하아. 또 아빠 마음대로…….'

나는 속으로 읊조렸다.

차 박사는 커다란 은색 가방을 펼쳐서 전선이 복잡하게 얽힌 장비들을 꺼냈다. 그러더니 나를 침대에 눕혀 놓고 머리에 전극을 부착했다. 가방 안쪽에 달린 화면에서는 알 수 없는 그래프와 기호들이 마구 지나갔다.

나도 모르게 잠이 들었었나 보다. 눈을 뜨니, 벌써 검사가 끝난 듯 차 박사가 주섬주섬 장비를 챙기고 있었다.

"아빠는요?"

"잠시 전화 받으러 나가셨어."

나는 차 박사의 얼굴을 빤히 쳐다보았다. 분명히 어디선가 본 얼굴이었다. 어디서 봤을까. 무언가 떠오를 듯 말 듯 했다. 그 순간 머릿속으로 어렴풋한 기억들이 스쳐 지나갔다. 눈부신 조명과 다양한 기계음들, 그리고 온갖 종류의 뇌 모형들…. 억! 뾰족한 꼬챙이로 머릿속을 찌르는 듯한 통증에, 짧은 비명이 튀어나왔다.

"괜찮아?"

차 박사가 내 어깨를 흔들었다.

"괜찮아요. 그냥 잠깐 어지러웠어요."

나는 손으로 이마를 짚으며 말했다.

"그런데 저희 아빠와 어떻게 아세요?"

내가 불쑥 던진 질문에, 차 박사는 잠시 머뭇거리다가 입을 열었다.

"아들이 어렸을 때 유괴당한 적이 있었어. 그때 강 형사님이 찾아 주셨거든."

"저희 아빠가요?"

"응. 이미 늦었을 거라며 다들 단념했던 사건이었어. 하지만 강 형사님 홀로 끝까지 포기하지 않았어. 덕분에 우리 아들을 다시 품에 안을 수 있었지. 언젠가 이 은혜는 꼭 갚겠다고 다짐했었는데. 그게 이런 식이 될 줄은 몰랐지만…."

내내 덤덤하게 말하던 차 박사가 뒷말을 흐렸다.

"그게 무슨…?"

무언가 더 물어보려고 입을 달싹거렸다. 그러나 마침 방문이 열렸고, 아빠가 들어오는 바람에 입을 닫아야 했다.

"이제 다 끝났습니까?"

"네. 검사는 다 끝났어요. 별문제는 없네요. 자극적인 상황만 조심하면 될 거예요."

차 박사의 대답은 모호했다. 무엇이 나를 자극한다는 걸까. 하지만 아빠는 알아들었다는 듯이 고개를 끄덕였다.

차 박사가 돌아간 후에도 나는 한참 동안 무료하게 침대 위에 누워 있었다. 시곗바늘은 10시 근처를 가리키고 있었다. 보통 때라면 교실에서 수업을 듣고 있어야 할 시간이었다. 하지만 아빠가 외출을 금지하는 바람에 할 일이 없어졌다.

아빠는 출근 전에 내게 한동안 조심해야 한다며 집 밖으로 나가지 말라고 당부했었다. 나는 무엇을 조심해야 하느냐고 물었고, 아빠는 "다…"라며 얼버무리듯 대답했다. 아빠가 내 문제를 마음대로 결정하는 게 싫었지만, 오늘 아침의 난리를 반복하고 싶지 않아서 가만히 고개를 끄덕였다.

초인종 소리가 울렸다. 몸을 일으켜 창문으로 밖을 내다보았다. 대문 앞에는 아무도 없었다. 그런데 때마침 택배 차가 우리 집 담벼락을 따라 쓱 지나가는 게 보였다.

"택배 올 게 있나?"

나는 열 걸음이 채 되지 않는 좁은 마당을 지나 녹슨 철 대문을 열고 밖으로 나갔다. 대문 앞에 택배 상자 대신 웬 종이 가방 하나가 덩그러니 놓여 있었다. 뜻밖에도 가방 안에는 어제 떨어뜨린 핸드폰이 담겨 있었다.

누가 가져다 놨지? 주위를 두리번거리는데, 어디선가 쇳소리 섞인 기침 소리가 들렸다. 어제 검은 모자를 쓴 남자가 내뱉던 기침 소리와 비슷했다. 나는 빠르게 고개를 돌렸다. 골목 모퉁이 쪽에 검은 그림자 하나가 얼핏 보였다.

'그 사람이야!'

싸늘한 공기가 뒷덜미를 훑었다. 갑자기 두통이 일더니, 검은 모자를 쓴 남자가 칼을 들고 달려오는 장면이 눈앞에 어른거렸다. 나는 알 수 없는 공포에 휩싸였다. 무언가 더 생각할 겨를도 없이 대문 안으로 뛰어 들어갔다. 온 집 안을 돌아다니며 빠짐없이 창문을 잠그고 커튼을 쳤다. 아빠 방의 창문까지 단속을 끝내고 막 나가려던 찰나였다.

앗.

작고 뾰족한 것에 발바닥이 찔렸다. 푸른 사기 조각이었다. 내가 자주 사용하는 푸른색 컵에서 떨어져 나간 조각이었다. 어젯밤 꿈에서 이 주변에 서 있다가 컵을 떨어뜨렸고, 컵은 산산조각 났다.

'꿈이 아니었어. 아빠는 정말 검은 모자를 쓴 남자와 통화하고 있었던 거야!'

머리로 피가 쏠리는 기분이 들었다. 어제 날 뒤쫓던 남자는 환영이 아니었다. 대문 앞에서 들었던 기침 소리와 푸른 사기 조각이 그 사실을 분명히 알려 주고 있었다.

어제 아빠의 통화 내용을 다시 떠올렸다.

– 그 아인 이제 내 딸이야.

생각할수록 이상한 말이었다. 이제 내 딸이라니. 그 전엔 딸이 아니었단 말일까?

심장이 터질 듯이 쿵쾅거리고 이마에 식은땀이 흘러내렸다. 또다시 불안 증세가 튀어나왔다. 거기에다가 말도 안 되는 생각까지 겹쳤다.

'또 버려지면 어떡하지?'

그러다가 제풀에 화들짝 놀랐다. '또'라니. 내가 버려졌던 적이 있었나? 아니다. 그런 일은 단연코 없었다. 그렇게 확신한 순간, 갑자기 누군가의 목소리가 내 귓가를 찔러 댔다.

-엄마 아빠라고 부르지 마.

-넌 내 딸이 아니야.

-앞으로 보지 말자.

아무리 귀를 틀어막아도 어디선가 울리는 목소리는 멈추지 않았다.

'아니야. 그럴 리가 없어. 나는 우리 엄마 아빠의 딸이 맞아!'

나는 고개를 세차게 저었다. 머리가 어지럽고 숨이 막힐 것 같았다.

그러고 보니 이상했다. 우리 집에는 다른 집들엔 다 있는, 가족들이 다정한 모습으로 찍은 사진 한 장이 없었다.

'왜지? 아빠 방에 가족사진 한 장쯤은 있을 거야.'

나는 아빠 방을 뒤지기 시작했다. 서랍을 죄다 열어 보고 책상 주변도 살폈다. 그러다가 문득 책상 위에 잔뜩 널브러진 책더미 쪽으로 시선이 갔다. 뇌에 관한 두꺼운 책들이 많았다.

'아빠가 왜 이런 책을 보지?'

고개를 갸웃하며 얼결에 시선을 돌린 순간, 책장 구석에 놓인 상자 하나가 눈에 들어왔다. 상자를 열어 보니 아빠가 쓰던 카메라가 담겨 있었다. 홀로그램 카메라였다. 방전된 상태라 충전기를 연결한 후 전원 버튼을 눌렀다. 작은 렌즈에서 빛이 나가더니, 허공에 여러 아이콘이 떴다. 그중 '미로'라는 이름이 붙은 아이콘에 손가락을 갖다 댔다.

여러 홀로그램 사진들이 한꺼번에 눈앞에 나타났다. 그런데 사진 속 주인공은 내가 아니었다. 얼굴이 새하얗고, 오동통한 볼 위에 작은 점이 있는 여자아이였다. 더구나 그 점은 아빠의 볼에 있는 점과 같은 위치였다. 다른 사진들도 열어 보았지만, 사진 속 주인공은 모두 같은 아이였다.

어떤 사진 하나에 내 시선이 머물렀다. 사진 속에서 여자아이는 놀이동산에서 아빠의 어깨 위에 앉아 훌쩍이고 있었다. 아빠가 입은 티셔츠는 얼룩이 져서 지저분했는데, 놀이기구를 타다가 멀미가 나는 바람에 아빠의 옷에 토를 한 자국이었다.

'말도 안 돼. 쟤는 내가 아니잖아! 그런데 난 왜 저 상황을 또렷하게 기억하는 거지?'

나는 혼란스러운 채로 영상 하나를 재생했다. 엄마가 돌아가시기 전에 바다로 가족 여행을 떠난 적이 있었다. 그때 찍은 영상이었다. 이 영상에서도 엄마의 품에 안긴 아이는 내가 아니었다. 그리고 엄마는 그 여자아이에게 "우리 미로"라고 불렀다.

나는 두 손으로 입을 틀어막았다. 이 상황을 어떻게 이해해야 할까? 망상 속에서 헤매더니 정말 미친 걸까? 그래서 내가 하지도 않은 일들을 내가 한 것처럼 기억하는 걸까? 엄마는 왜 그 여자아이에게 미로라고 부르는 걸까?

다른 사진과 영상들도 마구잡이로 열어 보았다. 그러다가 어느 사진에서 아는 얼굴을 발견했다. 한결이었다. 사진 속에서 한결이와 여자아이는 나란히 그네에 앉아서 장난꾸러기 같은 미소를 지으며 브이 자를 하고 있었다.

한결이는 윗집에 살던 단짝 친구였다. 그런데 내가 다른 동네로 이사 가는 바람에 멀어지고 말았다. 그런 후에도 간혹 연락을 주고받긴 했지만, 병이 깊어지면서 서서히 연락이 끊겼다.

어쩌면 한결이가 사진 속 소녀와 나, 그리고 아빠의 관계에 관한 해답을 가지고 있을지 몰랐다. 나는 핸드폰을 꺼냈다. 오른쪽 끝부분을 잡아당기니 둥글게 말려 있던 롤러블 화면이 반듯하게 펴졌다. 투명한 화면 위로 버튼 몇 개를 눌러 한결이의 연락처를 찾았다. 사실 찾을 것도 없었다. 목록에 담긴 연락처는 아빠뿐이니까.

수술이 끝나자마자, 이전까지의 내 삶은 줄이 끊어진 것처럼 싹둑 잘렸다. 가위질을 한 사람은 아빠였다. 수술을 마치고 깨어났을 때 난 이미 퇴원을 한 상태였다. 내가 누워 있던 곳은 처음 보는 집이었다. 오래된 주택이었는데, 내가 병원에 있는 사이에 아빠가 이곳으로 집을 옮긴 거였다. 우리를 아는 사람이 단 한 명도 없는 낯선 동네였다.

아빠가 건넨 새 핸드폰에도 저장된 연락처가 하나도 없었다. 아빠는 내 핸드폰을 잃어버렸다고 했지만, 지금 생각해 보니 그 말도 수상쩍다.

나는 입술을 지그시 깨물었다. 이제 와서 생각해 보니 아빠는 나에게 무엇을 숨기려는 게 틀림없다. 대체 그게 뭘까? 나를 쫓아오던 검은 모자 남자와 나를 괴롭히는 환청과 관련 있는 걸까?

다시 사진 속 소녀와 한결이를 바라보았다. 두 사람이 나의 끊어진 줄을 이어 줄 수 있을까? 일단 한결이를 만나야겠다는 생각이 들었다. 그런데 어떻게 만날 수 있을까? 잠시 고민하다가, 사람들이 많이 사용하는 소셜미디어에 모두 가입했다. 그리고 "도한결"이라는 이름을 검색하기 시작했다.

몇 시간 동안 찾은 끝에 한결이의 계정을 발견했다. 한결이가 올린 사진들을 보니 어릴 때 모습 그대로였다.

– 한결아! 오랜만이야. 나 미로! 이 DM 보면 연락해 줘.

한결이에게 내 전화번호가 적힌 DM을 보내자마자 읽음 표시가 떴다. 나는 초조한 마음으로 전화가 오길 기다렸다. 그러나 몇 분이 흘러도 핸드폰이 잠잠했다.

아! 그러고 보니 아직 학교에 있을 시간이었다. 하지만 나는 애가 타서 학교를 마칠 때까지 기다릴 수 없었다. 당장 옷을 갈아입고 집 밖으로 달려 나갔다.

무인 버스를 타고 도착한 곳은 한결이가 다니는 학교 앞이었다. 한결이가 소셜미디어에 올린 학교 축제 사진을 보고 학교 이름과 위치를 금방 찾을 수 있었다.

나는 한참이나 교문 앞을 서성이며 한결이가 나오길 기다렸다.

얼마쯤 기다렸을까? 서서히 다리가 아파져 올 때쯤 학생들이 우르르 몰려나오기 시작했다. 드디어 끝난 모양이었다. 나는 한결이를 놓칠세라 한 명 한 명의 얼굴을 유심히 살폈다. 아무나 붙잡고 3학년 도한결을 아는지 물어보기도 했다.

교문을 빠져나가는 학생들의 수는 점차 줄고 있었지만 한결이는 보이지 않았다. 내가 놓친 걸까. 불안한 눈동자를 이리저리 굴리고 있던 그때였다. 마침내 저 앞에서 걸어오는 한결이가 보였다. 마지막으로 봤을 땐 나보다 손가락 두 마디쯤은 작았는데 몇 년 사이에 키가 쑥 자라 있었다.

"도한결!"

한결이를 보니 반가운 마음부터 먼저 들었다. 그러나 한결이는 나를 본체만체하며 지나쳤다.

"야! 모른 척하기냐?"

내가 한 번 더 불러세우자, 한결이가 걸음을 멈추고 홱 돌아보았다. 하지만 여전히 나를 알아보지 못하는 눈치였다.

"왜 그래? 내 얼굴 까먹었어? 혹시 그동안 연락 못 해서 삐진 건 아니지? 하도 오랜만에 보니까…."

"너 누구야? 나 알아?"

한결이가 내 말을 끊고 차가운 목소리로 물었다.

"응? 나잖아. 미로…."

"네가 미로라고?"

한결이가 흠칫 놀랐다. 그 후로 한동안 말을 잇지 못했다. 그러더니 곧 정신을 차린 듯 입을 열었다.

"DM으로 장난친 것도 너지? 너 뭐야? 대체 뭔데 미로 행세를 하는 거야?"

한결이는 당장이라도 덤빌 듯한 표정을 지었다.

"미로 행세라니? 무슨 말이야? 나 미로라니까? 장난이 너무 심한 거 아니야?"

내 말에 한결이가 잠시 머뭇거리더니 다시 소리쳤다.

"닥쳐! 네가 왜 미로야?"

한결이는 삐져서 나를 모른 체하는 게 아니었다. 한결이는 정말 나를 알아보지 못하고 있었다.

"진짜 왜 그래? 나 정말 몰라?"

"미로는 죽었는데, 네가 어떻게 미로냐고! 너 대체 누구냐고?"

"…!"

한결이 입에서 믿기 힘든 소리가 튀어나왔다. 삐-. 그 순간 지금까지 겪어 보지 못한 이명이 귓속에서 울렸다. 한결이에게 무어라 대꾸하고 싶었지만 머릿속이 어지러워지면서 눈앞이 빙글빙글 돌았다.

'내, 내가 죽었다고? …내가? …죽었다고?'

나도 모르게 뒷걸음질을 치며 같은 말만 되뇌었다. 한결이가 더 소리를 지르고 있었지만, 내 귀엔 그저 윙윙거리는 소리로만 들릴 뿐이었다. 어느 순간부터는 시간조차 흐르지 않는 것 같았다.

곧 머릿속에서 화산이 터지는 듯한 느낌이 들었다.

- 해윤아, 어서 도망쳐!

- 난 아니야! 아니라고!

- 이제부터 넌 내 딸이야!

온갖 목소리가 머릿속에서 폭풍처럼 휘몰아쳤다. 나는 두 손으로 귀를 틀어막으며 고개를 마구 저었다. 제자리에 서 있기조차 힘들었다.

"미로야!"

그 순간을 깨트린 건 아빠의 목소리였다. 나는 힘겹게 시선을 모아 소리가 나는 쪽을 쳐다보았다. 아빠는 길가에 아무렇게나 세워둔 차를 뒤로 하고, 나를 향해 달려오고 있었다.

미로는 죽었다고 소리치는 한결이와 나를 미로라고 부르며 달려오는 아빠 사이에서, 더 이상 나 자신이 누군지 알 수 없게 된 내가 휘청대고 있었다.

'나, 나는⋯ 도대체 누구야?'

나는 더 이상 버티지 못하고 그 자리에 와르르 무너져 내렸다.

*

아빠가 집 앞 주차장에 차를 세울 때까지 아빠와 나는 아무 말이 없었다. 그 사이에 나는 어느 정도 진정된 상태였다.

"한결이는 왜 찾아갔니? 아빠가 집에 있으라고 그랬잖아."

아빠가 먼저 입을 열었다. 화를 꾹꾹 눌러 담은 목소리였다.

"제가 거기 있는 건 어떻게 아셨어요?"

"딸의 위치를 추적하는 건 경찰에게 그리 어려운 일은 아니다."

"제 위치를 추적하셨다고요? 저를 감시하신 거예요?"

나도 모르게 버럭 소리를 높였다.

"지금 네 행동을 보고도 그런 소리가 나오니?"

"제가 죽었다는 게 대체 무슨 말이에요?"

이 말을 꺼낸 순간, 나는 폭탄을 터트리는 심정이었다. 아빠는 한동안 말이 없었다. 나는 참지 못하고 다시 물었다.

"한결이가 왜 그런 말을 하냐고요? 이렇게 멀쩡히 살아 있는 제가 왜 죽어요? 아빠는 뭘 숨기는 거예요?"

"한결이가 뭘 잘못 알고 있는 거다. 예민하게 굴 거 없어. 네가 오랫동안 아팠으니까 한결이는 아마…."

"제발, 그만 좀 하세요! 정말 끝까지…."

나는 토해 내듯 외쳤다. 아빠는 언제까지 날 바보 취급하려는 걸까? 화가 치밀어 올랐다. 날 속이는 아빠와 잠시도 같은 공간에 있고 싶지 않았다. 차 문을 열고 나가 집 안으로 뛰어 들어갔다. 아빠가 뒤따라오는 소리가 들렸다. 곧바로 2층으로 올라가 방문을 잠그고 침대에 누워 이불을 뒤집어썼다.

"미로야, 문 열어. 아빠랑 이야기 좀 해."

아빠가 방문을 두드렸다.

"전 할 얘기 없어요!"

"어서 문 열어!"

"제발 날 좀 내버려 두라고요!"

나는 악을 쓰며 외쳤다. 누구의 말도 믿을 수 없었다. 아빠도, 한 결이도 나를 가지고 노는 것만 같다. 그러나 지금 가장 믿을 수 없는 사람은 바로 나 자신이었다. 도대체 나는 누구일까? 어떤 사람일까? 내 기억은 왜 이렇게 뒤죽박죽 섞여 있는 걸까?

"아빠는 널 잃고 싶지 않아. 넌 내 딸이야. 제발 미로의 모습으로 아빠 곁에 있어 줘."

아빠가 문밖에서 소리쳤다. 그러나 모든 말이 귓가에서 튕겨 나 갔다.

"이 모든 게 너의 선택이었어!"

그러나 아빠의 이 말만큼은 귓속을 파고들어 머릿속을 울렸다.

이 모든 게 나의 선택이었다고? 그게 대체 무슨 말일까? 어이없 는 웃음이 터져 나왔다. 지금까지 내가 선택할 수 있는 건 단 하나 도 없었는데? 아빠가 정해 놓은 틀 안에서 꼭두각시처럼 살았는 데, 인제 와서 내 선택이었다고? 도대체 내가 무엇을 선택했다는 걸까?

나는 고개를 마구 저었다. 계속 이렇게 살고 싶진 않았다. 꼭두

각시를 조종하는 줄을 끊어 버리고 온전한 내 모습을 찾고 싶었다. 그러려면 먼저, 내가 누구인지 알아야 했다.

그사이에 문밖은 잠잠해졌다.

나는 핸드폰을 꺼냈다. 지푸라기라도 잡고 싶은 심정으로 한결이에게 사진 한 장을 보냈다. 아빠 카메라에서 보았던 또 다른 미로의 사진이었다. 한결이를 만났을 때 직접 물어보려고 했는데, 갑자기 쓰러지는 바람에 그러질 못했다. 곧바로 핸드폰이 울렸다. 한결이였다.

나는 전화를 받자마자 따지듯 물었다.

"사진 봤지? 혹시 개가 네가 말했던 그 미로야?"

"그렇지 않아도 물어볼 게 있어서 연락할까 말까 고민하던 중이었어. 아까 아저씨가 왜 너한테…."

"대답부터 해. 네가 말하는 미로가 개 맞냐고!"

나는 마음이 급했다.

"그래. 얘가 진짜 미로야. 그런데 아저씨는 왜 널 보고 미로라고 부르는 거야?"

"진짜 미로? 진짜는 바로 나야!"

"그럴 리가 없어. 미로는 죽었다고 했잖아!"

속이 뒤틀렸다.

"말도 안 되는 소리 그만해!"

"정말이야! 미로가 아프다는 소식을 듣고 병원에 찾아갔었어.

그런데 같은 병실을 쓰는 사람들이 그랬어. 미로는 이식 수술을 받다가 죽었다고."

"그게 말이 돼? 미로는 바로 나야! 엄마가 돌아가셨을 때 장례식장 뒷마당에서 네가 같이 울어 줬잖아. 이사 가기 전날 내게 준 편지도 아직 가지고 있단 말이야!"

"말도 안 돼. 그걸 어떻게 네가… 네가 정말 미로라고? 아니야. 그럴 리가 없어. 내가 미로를 못 알아볼 리 없어. 설마 성형수술이라도 한 거야? 그래서 얼굴을 완전히 바꾼 거 아니야? 그게 아니고서는…."

한결이는 놀라서 한꺼번에 말들을 쏟아냈다.

"그럴 리가 없잖아. 내 얼굴은 그대로라고!"

"네 얼굴이 그대로면 기억이라도 바뀌었다는 거야?"

한결이는 자기가 무슨 말을 하는지도 모르고 아무 말이나 내뱉는 거 같았다. 하지만 바로 그 순간, 내 머릿속에선 천둥 번개가 강하게 울렸다. 차 박사를 만났을 때 떠올랐던 장면들, 아빠의 방에서 보았던 책들, 제멋대로 떠오르던 환영과 환청들, 홀로그램 사진을 보고 떠오른 기억들이 마구 뒤섞여 머릿속에서 소용돌이쳤다.

정말 기억이 바뀐 게 아닐까? 아니, 아니다. 그럴 리가. 말도 안되는 생각이다. 이거야말로 망상이고 허상이다. 내가 정말 미쳤구나, 싶어서 헛웃음이 나왔다.

"야! 야! 말 좀 해 봐. 무슨 일이야?"

전화기 너머로 한결이가 소리쳤다. 나는 전화를 뚝 끊어 버리고 계속 생각했다.

한결이의 말대로 얼굴을 바꾼 게 아니라, 내 머릿속의 기억을 바꾼 거라면? 그리고 그 기억이 미로의 기억이라면? 그것이 아빠가 숨기고 싶어 했던 거라면?

정말 말도 안 되는 생각이지만, 한편으론 복잡하게 얽힌 매듭이 하나씩 풀리는 기분도 들었다. 그러나 매듭을 완전히 풀기 위해선 미로 이전의 내가 누구인지를 먼저 찾아야 했다.

핸드폰 진동음이 계속 울렸다. 한결이었다. 핸드폰을 들자마자 전화가 끊겨서 다시 걸려던 차에, 모르는 번호로 문자가 왔다.

– 미안하다. 네가 어떻게 지내는지 보고 싶어서 찾아갔었어. 이제 다시는 나타나지 않을게. 대신 1년에 딱 하루만 이곳을 찾아가 줘. 5월 28일. 구름추모공원. 정소영. 너를 많이 기다리고 있을 거다.

5월 28일? 바로 내일이다. 누가 문자를 보냈는지 바로 알 거 같았다. 검은 모자를 쓴 그 남자다.

그가 누구인지는 모르지만, 미로가 아닌 원래의 나를 아는 사람이 분명했다. 아빠가 그토록 그를 부정했던 이유가 바로 그거였을 테니까. 어쩌면 검은 모자를 쓴 남자는 내가 도망쳐야 할 사람이 아니라, 만나야 할 사람이 아닐까?

다음 날 아침, 아빠는 이른 시간부터 어딜 갔는지 보이지 않았다. 토요일인데 출근이라도 한 걸까. 차라리 잘됐다 싶었다. 나도 서둘러 집을 나섰다.

자기부상열차에서 무인 버스로 갈아타고 1시간쯤 더 가서 종점에 내렸다. 한결이가 먼저 와서 기다리고 있었다. 어젯밤에 한결이에게 함께 가 줄 수 있냐고 부탁했었다. 상황이 어찌 되었든, 내 기억 속의 한결이는 나의 절친한 친구였고 지금 내가 유일하게 의지할 수 있는 사람이었다. 부탁하면서도 사실 기대는 하지 않았는데, 뜻밖에도 한결이는 그러겠다고 했다. 미로라고 주장하는 내 정체를 직접 확인하고 싶다고 했다.

한결이와 함께 20분쯤 더 걸어서 추모공원에 도착했다. 입구에 막 들어서는데, 저 멀리 나무 뒤에 검은 모자를 쓴 남자가 보였다. 그는 나를 보고 다가올 듯 말 듯 머뭇거렸다.

그를 보자마자 또다시 숨이 가빠지면서 두통이 시작됐다. 저 사람을 만나면 묻고 싶은 게 많았다. 그러나 무슨 이유 때문인지 내 마음이 자꾸 그를 밀어내고 있었다.

"괜찮아?"

한결이가 비틀거리는 나를 부축했다.

내가 괴로워하는 모습 때문이었을까. 검은 모자를 쓴 남자는 어느 순간 사라져서 보이지 않았다.

나는 한결이와 함께 봉안당 앞에 서서 작은 유리창 너머를 바라보았다. 그 안에 보관된 유골함에는 정소영이라는 이름과 함께 5월 28일이라는 날짜가 새겨져 있었다.

5월 28일. 오늘은 그녀의 기일이다.

"이분인가 봐."

한결이가 유골함 옆에 놓인 사진을 가리켰다. 사진 속에서 그녀는 활짝 웃고 있었다. 그 환한 표정을 보고 있으니, 나도 모르게 마음이 놓였다. 묘한 기시감이 들었다. 그녀의 미소를 마주보기만 해도 불안하던 마음이 안정되고, 따라 웃게 되던…. 그 순간, 머릿속으로 어떤 부부의 얼굴이 어렴풋하게 떠올랐다.

"해윤아!"

부부의 다정한 목소리가 귓가에 울렸다. 해윤? 왠지 들어본 이름 같았다. 해윤…. 해윤…. 나는 여러 번 읊조렸다. 그러다가 불현듯 무언가 생각났고, 깜짝 놀라 손으로 입을 틀어막았다.

'맞아. 해윤은 내 이름이었어!'

그 사실을 깨닫는 순간, 머릿속에서 기억의 파편들이 마구 튀어오르기 시작했다.

부부는 내가 살던 보육원에 매주 찾아와 봉사활동을 하던 사람들이었다. 내가 그 부부와 한집에서 살기 시작한 건, 열세 살 때였다. 지긋지긋한 보육원 언니 오빠들의 괴롭힘을 피해 따라오긴 했지만, 절대로 두 사람의 딸이 될 생각 따윈 없었다. 부모라고 믿었던 사람들에게 버려질 때마다, 그 상처가 감당하기 힘들 정도로 깊었기 때문이다.

그때의 나는 이미 두 번의 입양과 파양을 겪은 후였다. 그러니까 나를 낳은 첫 번째 부모와 내게 가혹했던 두 번째, 세 번째 부모에 이어 두 사람은 나의 네 번째 부모였던 셈이다.

그러나 부부는 이전의 부모들과는 달랐다. 부부는 이전의 부모들이 내 몸과 마음에 남긴 상처들을 어루만져 주고, 함께 아파해 주었다. 그렇게 1년쯤 지났을 때, 나는 두 사람에게 '엄마', '아빠'라고 부르며 다시 한 번 마음을 열었다. 새로운 엄마와 아빠는 눈물을 글썽이며 나를 꼭 안아 주었다. 이제 행복할 일만 남은 줄 알았다. 그러나 그건 착각이었다.

어느 날, 집에 괴한이 들었다. 나는 옷장 속에서 덜덜 떨며 숨어 있었다. 옷장 밖에서는 엄마의 비명 소리가 울렸다. 얼마 후, 우당탕 소리가 들렸고, 그러다가 소리가 그쳤을 때 옷장 문틈으로 밖을 내다보았다. 믿을 수 없는 광경이 눈앞에 펼쳐졌다. 엄마가 피를 흘린 채 바닥에 쓰러져 있었다. 그 앞에는 검은 모자를 푹 눌러쓴 아빠가 피가 뚝뚝 떨어지는 칼을 들고 서 있었다.

아빠가 고개를 들어 내 쪽을 쳐다보았다.

"아니야. 내가 그런 거 아니야. 절대 아니야."

아빠가 소리쳤다. 때마침 경찰이 들이닥치는 소리가 들렸고, 아빠는 창문을 통해 집 밖으로 훌쩍 뛰어나갔다.

나는 고개를 저었다. 괴로운 기억이었다. 봉안당의 유리창 너머로 흐릿한 시선을 돌렸다. 사진 속 그녀가 눈에 들어왔다. 가슴에서 무언가 울컥 치밀었다.

"어, 엄…마…. 엄…마…. 엄마…!"

눈물이 솟구쳤다.

"미로야…."

뒤에서 누군가가 나를 불렀다. 천천히 고개를 돌려 보았다. 아빠였다. 평소완 다르게 검은 양복을 말끔하게 차려입은 모습이었다.

"혹시 기억이… 돌아왔니…?"

아빠의 입술이 파르르 떨렸다.

나는 고개를 끄덕였다.

"그럼, 이제… 미로는 갔겠구나…."

아빠의 눈에서도 눈물이 후드득 떨어졌다.

지금의 아빠는 그때 그 사건의 담당 형사였다. 형사는 충격적인 일을 겪고 말문이 막혀 버린 나를 그냥 지나치지 못했다. 내가 입원한 정신병동을 수시로 찾아와 나를 살피고 갔다.

그러던 어느 날이었다. 나는 눈만 감으면 떠오르는 그 끔찍한 장면 때문에 바닥에 머리를 찧으며 울부짖고 있었다. 그날도 형사는 나를 찾아왔고, 그런 나를 애타게 말렸다. 나는 형사에게 매달리며 처음으로 입을 열어 부탁했다. 내 머릿속의 기억을 도려내 달라고. 아니, 차라리 죽여 달라고. 태어날 때부터 저주받은 내 삶을 제발 끝내 달라고.

"아빠 말이 맞아요. 제가… 그랬어요. 제가 부탁한… 거였어요. 제가 겪은 일들이… 너무… 고통스러웠어요…."

울음이 막을 수 없을 정도로 터져 나왔다.

"네가 그 말을 하고 나서, 얼마 후에 미로가 세상을 떠났다. 나는 해선 안 되는 일을 저지르고 말았어. 차 박사에게 부탁해서 너의 기억을 지우고 미로의…."

아빠는 차마 말을 잇지 못했다. 눈물로 뒤덮인 아빠의 얼굴이 점차 일그러지더니, 축 늘어뜨린 어깨가 심하게 떨렸다.

"미로의 기억을 이식했어. 그게 두 사람을 모두 살리는 길이라고 생각했다. 너에겐 네가 선택한 일이라고 말했지만, 그건 비겁한 말이야. 모두 내 욕심으로 저지른 일이야. 미안하다. 정말 미안하다."

아빠의 무릎이 꺾이더니, 바닥에 털썩 주저앉았다. 아빠는 그대로 엎드린 채 한참 동안 꺽꺽 울음을 토해 냈다.

사시나무 떨듯 다리가 후들거렸다. 한결이의 팔을 붙잡고 간신히 버티고 섰다. 알 수 없는 감정이 북받쳤다. 더 혼란스러운 건 이 감정이 누구 것인지 나조차도 모르겠다는 거다. 해윤일까? 미로일까? 숨이 턱 막혔다. 내가 누구인지 찾게 될 줄 알았는데, 도리어 완전히 나를 잃어버린 느낌이었다. 허탈한 기분이 온몸을 훑고 지나갔다. 나는 넋이 빠진 채 뒷걸음질을 치다가, 스르르 주저앉고 말았다.

*

여러 날이 흘렀다. 오랜만에 한결이를 다시 만났다. 우리는 편의
점 테이블에 앉아 컵라면이 익기를 멍하니 기다렸다. 창밖에는 뜨
거운 햇살이 가로수의 짙푸른 이파리 위로 내리쬐었다. 그 아래를
오가는 사람들의 옷차림이 한층 가벼워져 있었다. 시간이 언제 이
렇게 흘렀을까? 내가 혼란스러운 마음을 추스르는 동안, 어느새
여름이 성큼 다가와 있었다.

"근데…."

한결이가 입을 열었다.

"널 뭐라고 부르면 돼? 강미로? 소해윤?"

"글쎄…."

나는 공연히 컵라면 면발을 뒤적거렸다. 아직도 잘 모르겠다. 내
가 미로인지, 해윤인지. 나는 미로도 아닌 것 같고, 해윤이도 아닌
것 같다. 어젯밤엔 답답한 마음이 들던 중에 문득 한결이가 생각났
다. 그나마 내가 편하게 볼 수 있는 사람이 한결이뿐이었다.

내일 너희 학교 근처 편의점에서 볼래?

뜬금없이 보낸 문자에, 한결이는 이것저것 묻지도 않고 '그래'라
고 답을 보내왔다. 왠지 그날 이후로 내내 내 연락을 기다렸을 거
라는 느낌이 들었다.

"그럼 그냥 친구라고 부르지 뭐. 어때, 친구?"

한결이의 능청스러운 말투에 풋, 하고 웃음이 터졌다.

"친구? 난 이제 미로가 아닌데도 친구라고 생각해?"

"네가 미로든 해윤이든 상관없어. 나한테 넌 그냥 너일 뿐이야. 지금부터 친하게 지내면 되지. 그렇지 않냐?"

한결이의 말에 알 수 없는 안도감이 느껴졌다. 나를 그 무엇으로도 규정하지 않고, 그저 나 자신으로 봐주는 한결이에게 고마웠다. 그때, 핸드폰이 울렸다.

ㅡ 내일 갈 거니?

형사 아빠에게 온 문자였다. 내일은 아빠를 면회하기로 한 날이다.

얼마 전 아빠는 스스로 경찰서를 찾아갔다. 현장의 모든 증거가 아빠를 범인으로 가리키자, 아빠는 그동안 도망자 신세로 진범을 찾아다녔다. 그러다가 마침내 결정적 단서를 찾았고, 경찰서에 직접 가지고 갔다. 모두 형사 아빠에게 들은 이야기였다.

아빠는 이제 재판정에서 싸움을 이어가게 될 거다. 아직 진실은 아무도 모른다. 아빠가 범인일 수도 있고 아닐 수도 있다. 난 여전히 아빠를 만나기가 두려웠고, 아직은 그날의 일을 마주할 자신이 없어서, 답을 미루고 있었다.

하지만 이젠 결정을 내려야 했다. 내게 닥친 문제를 계속 모른 척하다가 또 나를 잃을까 봐 두려웠다.

ㅡ 네. 같이 가요.

형사 아빠에게 답을 하고, 한결이를 힐끔 쳐다보았다. 한결이는 빈 젓가락을 입에 물고 나를 계속 기다리고 있었다.

"시간 다 됐다. 어서 먹자."

그 말을 기다렸다는 듯 한결이가 나를 쳐다보며 씩 웃었다.

문득, 한결이가 나를 보자마자 던진 질문이 떠올랐다.

– 너 누구야?

나는 누구일까? 형사 아빠에게 문자를 보낸 핸드폰을 만지작거렸다. 난 그 답을 만들어 가기 시작했다.

'미로'이자 '해윤'인 이 이야기의 주인공은 자신의 과거와 현재의 괴리에 직면하면서 정체성을 고민합니다. 저 역시 내가 누구인지, 어떤 사람인지에 관한 질문을 스스로에게 던지며 오랫동안 답을 찾기 위해 고민했습니다. 그런데 어쩌면 그 답을 영원히 찾지 못할 수도 있을 것 같습니다. 왜냐하면 애초에 정답이 없는 질문이니까요.

내가 누구인지에 관한 답을 찾기보다는, 어떻게 살아갈지 선택하면서 스스로 그 답을 만들어 가야 하는 게 아닐까, 라는 고민을 품고 이 글을 썼습니다.

그리고 이야기 끝에 마침표를 단 순간, 내가 누구인지 그 답을 만들어 가는 여정은 끝없는 모험이 될 것이지만, 저는 이 모험을 즐기고 받아들이기로 마음먹었습니다.

여러분의 삶은 계속 이어질 것입니다. 여러분도 자신을 믿고 나아가는 용기를 내어 자신을 발견하고 원하는 삶을 완성해 나가기를 바랍니다.

이 이야기가 나오기까지 애써 주신 선생님과 글벗들에게 깊이 감사드립니다.

고수진 대학에서 역사를 공부한 뒤 JY스토리텔링 아카데미에서 어린이들을 위한 책을 쓰고 있다. 지은 책으로는 《세종대왕이 4차 산업혁명을 만난다면》, 《전염병에서 찾은 민주주의 이야기》(공저), 《세상을 바꾸는 사회참여 이야기》(공저), 《지구를 살리는 패션 토크쇼》(공저), 《메타버스에서 찾은 뇌과학 이야기》가 있다.

온앤오프

정경원

1.

'성격은 인간에게 지대한 영향을 준단다. 너처럼 극도로 소심하고 예민한 성격을 가진 아이들에게는 심리 통제라는 특수 상담을 통하면 성격을 개선할 수 있단다. 진아 너도 한번 시도해 보는 게 어떠니? 그러면 학교생활이 좀 더 나아질 수도 있지 않을까 싶은데….'

진아는 선생님과의 상담 내용을 되뇌었다.

'결국, 내가 문제구나! 소심하고 평범한 내가….'

순간 손에 있던 휴대전화에서 도착을 안내하는 음성이 들려왔다. 고개를 들어보니 3층으로 된 아름다운 단독주택이 보였다. 낮은 울타리 안으로는 푸른 잔디밭 정원이 넓게 펼쳐져 있고, 그 너머로 커다란 1층 전체가 통유리로 되어 있는 집이었다. 진아는 침을 꿀꺽 삼키고는 초인종을 눌렀다. 그러자 철제 정문이 스르륵 열렸다. 집 안으로 들어가자 향기가 진아를 확 덮쳤다. 한 번도 맡아보지 못한 향이었는데 시원하면서도 달콤한 것이 꽃향기 같았다. 조심스럽게 주위를 둘러보니 내부는 어마어마하게 넓었다. 바닥은 대리석이었고, 한가운데 유럽풍 대리석 계단이 보였다. 천장이 높아서 마치 전시관 같은 느낌이 들었다.

"진아?"

위쪽에서 말소리가 들려왔다. 올려다보니 계단 위에는 단정한 단발에 날씬한 중년 여성이 진아를 내려다보고 있었다.

"아⋯. 안녕하세요, 이모."

5년 만에 보는 이모의 모습은 무척이나 낯설었다. 이모는 밝고 친절한 목소리로 말했다.

"많이 컸구나! 네가 쓸 방은 2층에 있단다. 네가 온다고 해서 급하게 치우긴 했는데⋯. 그리고 미안한데, 이모가 급한 일이 생겨서 바로 나가 봐야 해. 방 안내는 가사 로봇인 포포가 해 줄 거야. 미안해, 편히 있으렴!"

이모는 바쁜 듯 빠른 걸음으로 거실을 가로질러 갔다. 그러자 부엌 쪽에서 로봇이 나왔다. 가사 로봇은 사람 모습을 닮았다. 길고 검은 생머리에 하얀 피부를 가진, 언뜻 보아도 미인형인 로봇이었다. 게다가 검은 원피스에 흰 블라우스를 입은 모습이 참으로 인

상적이었다. 로봇이 말했다.

"안녕하세요, 진아 님. 저는 가사 로봇 포포입니다. 방을 안내해 드릴게요."

포포를 따라 2층으로 올라갔다. 포포가 안내한 방은 넓고 깨끗했다. 방에는 대형 모니터가 침대 앞에 설치되어 있고, 창문을 등지고 앉을 수 있는 2인용 소파에 식탁 그리고 책장이 딸린 큰 책상과 옷장도 있었다. 게다가 방 안에는 화장실도 있어서 방 안에서만 지내기에도 충분해 보였다.

"식사는 방으로 갖다 드리겠습니다. 빨래는 침대 옆 바구니에 넣어 두세요. 필요한 게 있으면 침대 옆에 있는 태블릿으로 포포에게 메시지를 보내시면 됩니다."

설명을 마친 포포는 재빠르게 사라졌다. 진아는 침대 위에 누워 휴대전화를 꺼냈다. 문자 보관함에서 보관된 메시지를 읽었다.

-우리 조카 잘 지내니? 그동안 이모가 너무 바빠서 연락 못 했지? 미안하다. 수진이도 너를 보고 싶어 한단다. 언제든 놀러 from 이모.

며칠 전 상담을 막 마치고 집으로 돌아오는 날 이모로부터 5년 만에 문자가 왔다. 상담 내용 때문일까? 진아는 부자인 이모네 집에서 지내고 싶었다. 부잣집에서 지내면 자신도 조금 특출나지지 않을까 하는 생각이 들었다. 진아는 이모에게 메시지를 보냈다.

-이모네 집에서 지내도 될까요?

진아는 문득 사촌 수진이가 보고 싶어졌다. 진아는 수진이를 찾으러 집안을 돌아다녔다. 이모네 집은 사람이 사는 집이 아니라 흡사 작품 같았다. 섬세하게 세공된 대리석 위는 먼지 한 톨도 보이지 않을 정도로 깨끗했다. 게다가 집 안 곳곳에는 신기한 예술 작품도 많았다. 방마다 다양한 콘셉트를 가지고 있었는데, 어떤 방은 인형으로 장식된 인형의 방, 그림으로 가득 찬 그림 방 등 다양한 방이 있었다. 진아는 방을 하나씩 탐색했지만, 수진이 방을 찾지 못했다. 2층 방을 모두 다 보고 1층으로 내려가려는 찰나였다.

'스르륵.'

들릴 듯 말 듯 한 소리로 무언가가 바닥에 긁히는 소리가 들려왔다. 진아가 소리 나는 곳으로 고개를 돌린 순간 아까 맡았던 향이 확 덮쳤다. 향 때문인지 주변 공기가 달라진 듯한 착각이 들었다.

'약간 몽롱한데, 향 때문인가??'

그때였다. 눈앞에 계단이 보였다. 아까까지만 해도 보이지 않던, 3층으로 올라가는 계단이었다. 3층으로 올라가 보니 같은 건물인가 싶을 정도로 분위기가 달랐다. 층 전체가 어둠으로 둘러싸여 있었다. 그 어둠은 '심연'이라는 단어를 써도 좋을 정도로 짙고 무거웠다. 그리고 건물 전체에서 나는 향이 무척이나 진하게 퍼져 있었다. 진아는 휴대전화 손전등 기능을 켰다. 하지만 불빛이 약해서인지 그냥 코앞에 빛을 비추는 곳만 조금 보일 뿐, 아무것도 보이질 않았다.

'끼익.'

문 열리는 소리가 들렸다.

휴대전화를 비춰 보니 오른쪽에 문이 보였다. 진아는 조심스럽게 문 쪽으로 다가갔다. 진아가 문 앞에 도착하자 닫혀 있던 문이 저절로 열렸다. 안을 들여다본 진아는 순간 숨이 멎을 뻔했다. 무언가와 눈이 마주쳤기 때문이다. 그 무언가가 진아를 향해 갑자기 달려들었다.

2.

눈을 떠 보니 푸르른 정원이 펼쳐져 있었다. 진아 앞에는 커다란 느티나무가 있었는데, 느티나무 곳곳에 장미꽃들이 아름답게 피어 있었다. 장미와 느티나무라니, 아름다우면서도 뭔가 어울리지 않는 기묘한 느낌이 들었다.

'여기는 어디지? 꿈인가?'

진아가 볼을 꼬집어 보았다. 아픈 걸 보니 꿈은 아닌 것 같았다. 진아는 꽃을 만지기 위해 손을 뻗었다. 그런데 아무것도 잡히지 않았다.

'뭐지?'

꽃은 실제가 아닌 홀로그램이었다. 주변을 둘러보니 전부 홀로그램이었다.

"이제 괜찮니?"

등 뒤에서 말소리가 들려왔다. 발랄한 목소리였다. 하얗고 갸름한 얼굴에 연한 갈색 눈동자를 가진 아이가 있었다. 윤기 나는 검은 머리와 대비되는 새하얀 피부, 쭉 뻗은 날씬한 다리가 무척이나 예쁜 아이였다. 그 아이가 말했다.

"미안해, 나 때문에 많이 놀랐지? 너무 반가워서 그만…."

진아는 갈색 눈동자가 낯설지 않았다.

"수진이니?"

진아가 물었다. 그러자 갈색 눈동자 아이가 고개를 끄덕였다.

"오랜만이야, 진아야."

"너 진짜 달라졌다. 몰라보겠어."

진짜 그랬다. 진아가 기억하는 수진이는 지금과 아주 달랐다. 어릴 적 수진이는 작고 통통했다.

"5년 동안 키가 크면서 살도 많이 빠졌거든. 너는 어릴 적 그대로네."

수진이의 미소를 보자 진아는 마음이 편해졌다. 웃을 때 오른쪽 보조개가 쏙 들어가는 미소는 옛날 그대로였다.

"오자마자 인사해야 했는데…. 미안."

"아니야, 와 줘서 고마워. 근데 진아 너 손목에서 피가 나!"

'피'라는 소리에 손목을 보았다. 아까 기절하면서 다친 것 같았다.

"괜…. 괜찮아 아까 기절할 때 다쳤나 봐."

"미안해, 내가 놀라게 해서. 어서 치료하자."

수진이가 리모컨으로 뭔가를 누르자 포포가 나타났다. 포포는 진아의 상처를 소독하고 약을 바르더니 밴드를 붙여 주었다. 밴드가 무척 특이했다. 사람 피부 같은 질감으로 가벼운 데다 붙이고 나니 상처가 감쪽같이 가려져 있었다. 진아가 감탄했다.

"우아! 신기하다. 상처가 하나도 보이지 않아."

"신기하지? 이거 엄마가 개발한 거야. 사람 피부 모양 밴드인데 붙이면 상처 회복도 빠르고 겉으로는 표시가 나지 않아서 좋아. 엄마가 5년 동안 일에 푹 빠져 지내서 이것저것 다양하게 개발하고 성공했거든. 그래서 이모네와 연락이 끊긴 거야. 엄마가 일만 하느라 무척 바쁘셨거든."

수진이의 목소리는 깊고 따뜻했다. 게다가 좋은 향도 났는데 이집에 처음 들어올 때 맡았던 향기였다. 시원한 느낌의 꽃향기로, 수진이와 잘 어울렸다.

"너 오면 보여 주려고 내가 준비한 거야."

순간 벽면에 수진이와 진아가 함께 찍은, 어릴 적 사진과 영상들이 나타났다. 사진들을 보니 진아의 기억대로 수진이는 수줍음이 많고 소심한 아이였다. 무서워서 울거나, 수줍어하는 모습이 많았다. 청소년기에 다다라서는 부끄러움이 극에 달해 낯선 사람에게는 함구증이 올 정도였다. 그런데 지금은 달랐다. 수진이는 발랄하고 외향적인 데다 긍정적인 성격으로 변해 있었다. 진아가 부럽다는 목소리로 말했다.

"너 성격이 진짜 많이 변했다. 나도 성격이 변했다면 좋았을 텐데…."

진아의 말에 수진이는 잠시 고민하더니 말했다.

"음…. 성격을 바꾸고 싶어?"

"아니야…. 그냥 해 본 말이야…."

"만약 성격을 바꿀 수 있다면 바꿀래?"

수진이 말에 진아는 눈이 커졌다. 진아는 고개를 끄덕였다. 수진이가 리모컨을 다시 눌렀다. 그러자 포포가 상자를 하나 가지고 왔다. 상자 안에는 붉은색 큐빅이 박힌 귀걸이 한 쌍이 들어있었다.

"이게 뭐야?"

"온앤오프라는 기계야. 성격을 바꿔 주는 기계지. 뇌에 약한 전류를 흘려보내서 인간의 감정에 영향을 주는 화학물질을 조절해 성격을 바꿀 수 있어."

"전류로 성격을 바꾼다고? 그게 가능해?"

"물론이지! 그 증거가 네 앞에 있잖아!"

수진이가 자신을 가리키며 말했다. 진아는 놀라서 눈을 끔벅였다. 수진이가 진지한 목소리로 말했다.

"너도 기억하지? 내가 심각한 함구증이었던 거? 그 때문에 학교생활이 너무 힘들었어. 친구는커녕 심하게 괴롭힘당해도 한마디도 못 했지. 내가 너무 힘들어하니까 엄마가 내 성격을 고쳐 주겠다며 개발한 거야."

진아는 수진이 이야기에 귀를 기울였다. 수진이도 자신과 비슷한 아픔을 갖고 있었다는 사실에 놀라기도 했지만, 온앤오프에 대한 호기심이 더 커졌다. 진아가 조심스럽게 물었다.

"온앤오프 해 봐도 돼?"

"물론이지."

진아는 홀린 듯 온앤오프를 귀에 착용했다. 그러자 머릿속이 시원해지면서, 마음이 따뜻하게 풀어지는 느낌이 들었다. 마치 추운 겨울날 따뜻하고 달콤한 코코아를 먹은 것처럼. 그리고 요동치던 마음이 차분해지면서 용기가 솟았다.

"기분이 어때?"

"굉장해. 머리가 아주 맑아지는 느낌이야! 그런데 성격이 변한건 아직 모르겠는데…."

"물론이지. 단기간에 변하지는 않아. 계속 착용하면 서서히 변할 거야, 빌려줄게. 나는 당분간 필요 없어. 잠시 미국에 다녀올 예정이거든. 대신 엄마한테 들키면 안 돼!"

수진이가 당부했다. 진아는 고개를 끄덕였다.

3.

이튿날 아침 일찍 진아는 눈을 떴다. 얼른 온앤오프를 사용해 보고 싶었다. 진아는 온앤오프를 착용했다. 그러자 머리가 맑아지면서 가슴 두근거림이 사라지는 느낌은 들었지만, 큰 변화를 느끼지 못했다. 진아는 온앤오프를 착용한 채 방 밖으로 나갔다. 이모네 집이 더 이상 낯설거나 무섭게 느껴지지 않았다. 덕분에 어제와 달리 좀 더 과감하게 3층까지 전부 탐색했다. 어제까지만 해도 깜깜해서 무섭기만 하던 3층도 별것 아니게 느껴졌다. 하지만 집에는 포포를 제외하고 아무도 없었다.

"확실히 변한 것 같기는 한데, 확실히 확인해 볼까?"

고민 끝에 진아는 옷장을 열었다. 옷장 안에는 진아의 교복이 깨끗이 정리되어 있었다. 교복을 보자, 문득 학교에서 있었던 일들이 떠올랐다. 학교에서 진아의 교복은 늘 젖어 있었다. 진아를 괴롭히던 아이들은 손을 씻고 나면 일부러 진아 교복에 손을 닦곤 했다. 그 때문에 진아의 교복은 늘 젖어 있었고 쿼쿼한 냄새가 났다. 그렇기에 진아에게 교복은 학교폭력의 상징처럼 느껴졌다. 아침마다 교복을 입을 때면 숨이 가빠지고 가슴이 죄어 왔다. 하지만 온앤오프 덕분인지 아무렇지도 않았다. 무사히 옷을 갈아입고 1층으로 내려갔다. 포포가 진아를 기다리고 있었다.

"학교 가실 예정입니까?"

진아가 고개를 끄덕이자, 포포는 차를 불렀다. 덕분에 금방 학교에 도착했다. 한 달 만에 와 보는 학교. 평소라면 학교 앞에만 서도 두근거리면서 다리가 무거워지곤 했다. 교문 쪽으로 발을 떼기라도 하면 땅이 흔들리는 느낌이 들었는데, 제대로 땅을 밟고 서 있는 기분이 들었다. 교실로 들어가자 모든 아이의 시선이 진아에게 쏠렸다. 힐끔거리는 눈동자, 의미심장하게 주고받는 눈짓들. 많은 눈빛 속에서 한 눈빛이 반짝였다. 그 눈빛이 진아를 향해 다가왔다. 등교 거부의 원인 제공자 혜림이였다.

"박진아! 학교 왔네? 아픈 건 이제 다 나았어?"

혜림이는 다정한 목소리로 말했다. 하지만 눈빛은 그렇지 않다. 마치 먹잇감을 노리는 맹수의 눈이었다. 평소라면 혜림이 목소리만 들어도 불안해져서 몸이 떨렸겠지만, 오늘은 달랐다. 진아는 어깨를 쭉 펴고 고개를 끄덕였다. 그러자 혜림이가 기다렸다는 듯이 불쑥 공책을 내밀었다.

"잘됐다. 그럼 숙제 좀 대신해 줄 수 있지? 손에 매니큐어를 발라서 글씨 쓰기가 힘들었거든."

진아는 공책을 옆으로 밀치며 말했다.

"못 해!"

혜림이가 씩 웃으며 진아의 어깨를 툭툭 치더니 책상에 공책을 툭 내려놓으며 진아의 대답을 듣지도 않은 채 그대로 나가 버렸다. 혜림이의 패거리도 뒤따라 나갔다. 진아는 공책을 집어 들고서 따라나섰다. 그러고는 혜림이 손에 공책을 밀어 넣었다.

"네가 직접 해! 손이 없으면 발로 하든지."

"뭐?"

혜림이의 표정이 일그러졌다. 아이들의 시선이 진아와 혜림에게 쏠렸다. 쥐 죽은 듯 조용하던 교실이 웅성거리기 시작했다. 혜림이 패거리 중 하나가 진아에게 다가오려는 순간, 선생님이 들어왔다. 혜림이와 패거리는 진아를 째려보며 자리로 돌아갔다. 진아는 무섭거나 신경 쓰이지 않았다. 오히려 그런 말을 내뱉은 자신에게 놀라고 있었다.

'항상 속으로만 생각했던 말이 진짜로 튀어나오다니!'

진아는 당황하던 혜림이의 표정을 떠올리니 기분이 묘했다. 하지만 혜림이가 이대로 넘어갈 리 없었다. 수업이 끝나고 잠시 화장실을 다녀온 사이 일이 터졌다. 진아가 교실로 돌아온 순간 이상한 적막이 흘렀다. 진아의 교과 태블릿이 물에 흠뻑 젖어 있었다. 물을 닦고 전원을 켜 보려 했지만, 전원이 들어오지 않았다. 태블릿에 교과서가 전부 들어 있으니, 오늘은 수업을 못 들을 것이 분명했다. 게다가 태블릿은 상당히 고가의 물건이라서 망가트리면 학교에 많은 배상금을 내야 했다. 하지만 진아는 울거나 당황하지 않았다. 오히려 침착하게 망가진 태블릿을 들고 수업을 들었다. 수업 중 선생님이 진아의 태블릿 상태를 눈치챘다.

"진아야, 태블릿을 왜 안 켜니?"

다들 숨을 죽이며 진아를 쳐다보았다. 진아가 담담히 대답했다.

"태블릿이 고장 나서 전원이 들어오지 않아요. 쉬는 시간에 누군가가 제 태블릿에 물을 뿌린 것 같아요."

그러자 혜림이가 작은 목소리로 비아냥거렸다.

"자기가 실수로 물을 쏟아 놓고 남 탓하는 거 아닌가?"

아이들이 키득거렸다. 진아가 혜림이를 바라보며 한마디 했다.

"그렇게 다 들으라는 듯 소곤거리는 거 그만두지 그래?"

"내가 뭐라 그랬다고 그래?"

진아는 자리에서 일어나서 성큼성큼 혜림이에게 걸어갔다. 예상치 못한 진아의 행동에 선생님과 아이들의 눈빛은 당황스러움에 젖어 들었다. 선생님이 진아를 말리려고 한 그때, 갑자기 익숙한 목소리가 들려왔다.

'이렇게 하면 박진아가 어떻게 나올까? 또 아무 말도 못 하고 엉엉 울겠지? 킥킥.'

혜림이의 목소리였다. 진아의 손에 들린 휴대전화에선 물을 붓는 혜림이의 모습이 나왔다. 그리고 그 행동이 재밌다는 듯 킥킥거리는 패거리의 모습도 찍혀 있었다. 영상을 보고는 혜림이의 얼굴이 하얗게 질렸다. 진아는 혜림이를 똑바로 바라보곤 말했다.

"내 실수가 아닌데?"

그 영상을 증거로 혜림이는 진아의 태블릿을 고의로 망가뜨린 것에 대한 처벌을 받게 되었다. 게다가 추가로 그동안 진아를 괴롭혔던 것도 적발되어 징계처분으로 반 분리가 된 혜림이는 더는 교실에 없었다. 패거리도 함께 징계받아 뿔뿔이 흩어졌다. 혜림이와 패거리가 사라진 교실은 평화를 되찾았다. 그동안 괴롭힘을 방관

했던 아이들이 진아에게 다가왔다. 이들은 혜림에게 찍힐까 무서워 멀찍이 물러서서 눈치만 살피던 아이들이었다.

한 아이가 진아에게 말했다.

"저기, 같이 점심 먹을래?"

진아가 의아한 듯 쳐다보자, 말을 꺼낸 여자아이가 말을 이어갔다.

"갑자기 이러는 게 웃기지? 근데 그동안 미안했어. 우리도 사실 무서워서 아무것도 못 했던 거야. 근데 그날 너 되게 멋졌어."

진아가 방긋 미소를 지으며 고개를 끄덕였다.

"좋아!"

4.

온앤오프를 착용한 이후 진아의 학교생활은 180도 변했다. 아이들은 진아가 아침마다 타고 내리는 고급 차량에 관심을 보이기 시작했다. 그 때문인지 진아에게 말을 거는 아이들이 하나둘씩 늘었다. 예전이라면 관심이 부담스러워서 쩔쩔맸을 것이 분명했지만, 이제는 달랐다. 오히려 그 관심을 기회로 삼아 친구를 만들 정도로 능청스러워졌다. 덕분에 학기 중인데도 불구하고 진아에게 새로운 친구 무리가 생겼다. 진아는 무리의 중심이 되어 있었다. 짧은 시간에 학교에서 진아를 모르는 사람이 없을 정도로 유명해졌다. 많은 아이가 진아에게 호기심을 보였다.

"진아야, 너 갑자기 성격이 변하게 된 이유가 뭐야?"

어느 날 한 친구가 물었다. 진아가 웃으면서 대답했다.

"심리 상담 효과인 것 같아."

진아는 눈 하나 깜짝하지 않고 거짓말을 했다. 하지만 양심의 가책을 느끼지는 않았다. 그 아이는 자신이 힘들었을 때 외면하던 친구였기 때문이다. 게다가 본인이 한 거짓말은 온앤오프를 약물로 바꾼 것뿐이었다. 우등생들이 공부를 잘하려면 교과서만 충실히 보면 된다고 말하면서, 학원과 족집게 과외를 몰래 받는 것처럼 말이다.

'이 정도 거짓말은 해도 돼.'

처음에는 이런 생각과 행동을 하는 자신이 낯설었지만, 점차 익숙해졌다. 진아는 온앤오프가 가져온 성격을 이제는 별 스스럼 없이 받아들였다.

그날 밤 이모가 돌아왔다. 진아는 이모에게 다가가 인사를 건넸다.

"진아야, 너 표정이 무척 밝아졌어!"

"네. 이모 집에서 편히 쉬어서 그런가 봐요."

이모의 눈길이 진아의 귀에 닿았다. 이모의 눈동자가 잠시 흔들렸다.

"진아야, 귀에 한 건 뭐니?"

진아는 황급히 귀를 가리며 말했다.

"아 귀걸이에요. 저 친구한테 전화가 와서 방에 가 볼게요!"

이모가 무언가 더 묻고 싶은 표정이었지만 그런 이모를 뒤로한 채 진아는 황급히 방문을 닫았다. 그날 밤 진아는 편하게 잠을 이룰 수가 없었다. 이모의 마지막 표정이 마음에 걸렸다.

'분명 이모가 의심하는 눈치였어. 아마 내일이 되면 자세히 보여 달라고 할지도 몰라! 그러면 온앤오프를 사용하고 있다는 사실을 들킬지도 몰라. 온앤오프는 이모가 수진이를 위해 특별히 만든 거니까 돌려 달라고 하겠지?'

진아는 온앤오프 없이 살았던 나날을 떠올렸다. 순간 몸서리가 쳐졌다.

'안 돼! 온앤오프를 사용하지 못하게 되면 또다시 옛날의 나로 돌아가야 하는 거잖아! 그것만은 절대로 싫어! 이제 겨우 친구가 생겼는데 지금 당장은 안 돼! 좀 더 시간이 필요해.'

진아는 집으로 돌아가야겠다고 결심했다. 이모에게 들키지 않으려면 그게 제일 나은 방법인 것 같았다. 진아는 내일 아침 일찍 떠날 준비를 하고 잠자리에 들었다. 그런데 그날 밤 이상한 꿈을 꾸었다.

꿈속에서 진아는 어두운 방에 홀로 있었다. 어딘가에서 인기척이 들려왔다. 인기척이 나는 곳을 찾았지만, 너무 깜깜해서 아무것도 보이지 않았다. 인기척은 점점 가까워졌다. 순간 맡은 적 있는,

시원한 꽃향기가 코끝을 스쳤다. 그 향이 가진 무언가가 진아의 손을 잡았다. 그러자 손이 얼얼해지면서 저릿한 감각이 퍼져 나갔다. 저릿한 감각이 온몸으로 퍼져 나가는 순간 꿈에서 깨어났다. 하지만 깬 후에도 머리가 개운하지 않았다. 마치 안개가 찬 것처럼 묵직했다. 시계를 보니 새벽 3시를 가리키고 있었다.

'잠자리가 뒤숭숭해서 그런가 봐…. 얼른 다시 자야지.'

진아는 잠자리에 다시 들려고 했다. 그런데 얼마 지나지 않아 소란스러운 인기척을 느끼고 일어났다. 교실이었다.

"난 분명히 집에서 잠들었는데."

조금 전까지 수업 시간이었는지, 교과 태블릿을 만졌더니 뜨거웠다. 메모장에는 필기한 내용이 적혀 있었다. 그런데 뭔가 이상했다.

사-분의 일 만큼 남은 용량을 구하기 위한 수식을 세워 보라는 문제를 풀기 위해서는 아래

용-법을 이해하면 된다. 적분을 활용하면 손쉽게 구할 수 있다. 하지만

그-만한 시간이 확보 돌지 않을 때는 직접 사칙연산을 활용해 보는 것도 나쁘지 않다.

만-약 계산을 진행하는 데 있어서 어려움이 있다면 계산기 사용도 가능하다. 따라서

해-를 구하는 데 있어서 필요적인 식은 다음과 같다.

첫 글자들을 조합해 보니 '사용 그만해'였다. 진아는 이것이 장난인지, 아니면 경고인지 헷갈렸다. 그때 밖에서 웅성거리는 소리가 났다. 교실 밖에서는 여자아이 둘이 싸우고 있었다. 한 아이는 급기야 말다툼 끝에 울기까지 했다. 싸움이 점점 격해지자 선생님이 달려와 싸움을 중단시켰다. 싸움을 일으킨 아이들은 선생님에게 불려 갔다.

아이들이 웅성거렸다.

"저 애들 왜 갑자기 싸운 거야?"

"바이올린을 잃어버렸대. 다른 여자애가 바이올린을 빌려 간 거라서 주인인 애가 화를 낸 거래. 아참, 진아야."

이야기하던 아이 중 한 명이 진아를 불렀다. 아까부터 뭘 해야 할지 모르겠다는 듯 가만히 서 있기만 하던 진아는 자신을 부르는 소리에 화들짝 놀라 대답했다.

"으응?"

"너도 어제 바이올린 연주하지 않았어?"

5.

"무슨 소리야. 나는 바이올린 연주할 줄 몰라."

"그래? 이상하다. 분명 음악실에서 연주하는 것 봤는데? 내가 착각했나?"

친구는 머리를 긁적이더니 교실로 들어가 버렸다.

진아는 혼란스러웠다. 눈을 떠 보니 교실인 데다가 태블릿에는 할 수 없는 장난이 쳐져 있질 않나. 자신이 바이올린을 연주한 것을 보았다는 아이가 있는 등 이상한 일투성이였다.

'온앤오프를 사용해서 뇌에 무리가 왔나? 오늘은 그만 사용하고 일찍 집으로 가야겠다.'

진아는 온앤오프를 빼기 위해 일찍 조퇴했다. 그런데 집에 도착해서 깜짝 놀랐다. 침대 위에는 줄이 다 끊기고 여기저기 흠집이 잔뜩 난 바이올린이 있었다.

"이 바이올린은 설마…?"

바이올린 뒤편에 쓰인 글씨를 발견했다. 이름이 새겨져 있었다. 흐릿해서 잘 보이지 않는 글씨를 눈을 치켜뜨며 읽었다. 아까 언뜻 들었던 아이의 이름인 것 같았다. 진아는 손을 부들부들 떨며 바이올린을 바라보았다.

"이럴 수가…. 내가 범인이었어?"

바이올린은 이미 고칠 수 없을 정도로 손상되어 있었기에 돌려줄 수도 없었다. 진아는 바이올린을 방 깊숙한 곳에 숨겨 놓았다. 다음 날 학교에 간 진아는 마음이 편치 않았다. 교실에서는 바이올린을 잃어버린 아이가 울고 있었다.

"내 바이올린…. 흑흑…."

진아는 아무 말도 하지 못한 채 뒤에서 눈동자를 이리저리 굴렸다. 선생님도 굳은 표정으로 아이를 바라보고 있었다. 선생님은 자신도 어떻게 해 줄 수 있는 게 없다는 눈치였다. 듣기로는 잃어버린 아이 측에서 물어 주기로 했다지만, 실은 바이올린 자체가 유품이라서 더 문제라고 했다. 진아는 아이를 볼 때마다 심장이 터질 듯이 쿵쾅거렸다.

"저기….."

진아는 충동적으로 우는 아이에게 말을 건넸다. 순간적으로 진아는 말을 꺼낸 걸 후회했다. 하지만 한번 꺼낸 얘기를 다시 돌이킬 수는 없었다. 진아는 입술을 꽉 깨물고 전원을 꺼 두었던 온앤오프를 켰다. 그리고 얘기했다.

"힘들어 보이는데 보건실에 데려다 줄까?"

온앤오프 덕분인지 떨지 않고 말할 수 있었다. 아이는 진아를 한번 쳐다보고는 다시 눈물을 뚝뚝 떨구었다. 담임 선생님은 그런 진아를 보며 고개를 끄덕였다.

"그래, 진아야. 지금 많이 힘드니까 보건실로 데려가서 쉬게 하는 게 좋겠어."

진아는 우는 아이를 부축해서 교실 밖으로 나갔다.

아이를 보건실로 데려다주고 나서 교실로 돌아온 진아는 죄책감에 심장이 조여오는 느낌을 받았다. 사실은 자신이 범인인데 그것도 모르고 고마움을 표시하던 아이의 얼굴을 떠올리니 고개를 들 수가 없었다. 그러나 더 심각한 건, 그게 문제가 아녔다. 온앤오프를 빼기라도 했다가는 자신이 범인임을 실토해 버릴 것 같았다. 그래서 당분간은 온앤오프를 뺄 수 없었다. 기억을 잃은 사건 이후로는 온앤오프를 사용하고 싶지 않았지만, 그럴 수 없는 상황이 만들어진 것이다.

'시간이 좀 지나서 잊힐 때쯤 온앤오프 사용 시간을 줄여 보자.'

하지만 시간이 지날수록 알 수 있었다. 확실히 그때가 온앤오프를 그만 사용할 수 있는 마지막 기회였음을 말이다. 시간이 지나면 잊힐 것이라고 했던 것은 진아의 헛된 바람일 뿐이었다. 죄책감은 시간이 갈수록 더욱더 심해져만 갔다.

결국, 진아는 온앤오프 없이는 학교에 갈 수 없는 지경에 이르렀다. 예전과 달리 다른 의미로 온앤오프를 사용할 수밖에 없게 되었다.

6.

계속해서 온앤오프를 사용해서인지는 몰라도. 그 이후 기억을 잃곤 했다. 두려운 마음에 온앤오프를 빼고 지내려고도 했다. 하지만 한 시간도 채 지나지 않아서 온앤오프를 다시 착용할 수밖에 없었다. 온앤오프를 빼자마자 엄청난 불안감과 죄책감이 덮쳤기 때문이다. 이제는 이전과는 달리 온앤오프 없이는 불안해져서 아예 생활이 되지 않았다. 게다가 밤마다 이상한 꿈을 더 자주 꾸게 되었다. 시원하고 달콤한 향기를 가진 무언가가 자꾸만 몸을 침식하는 꿈이었다. 처음에는 손, 다음에는 다리, 그다음에는 몸통, 이렇게 하루하루 지날수록 범위가 넓어졌다. 꿈에서 깰 때마다 얼얼해지면서 저릿한 감각이 온몸으로 퍼져 갔다. 하지만 그 정도는 괜찮았다. 학교에 있는 동안만 일어났던 문제니까 말이다.

하지만 진짜 문제가 새롭게 다가오고 있었다. 중간고사 기간이 가까워지면서 '야간 자율학습'이 시작되었기 때문이다.

"어떡하지? 야간 자율학습을 하면 저녁 늦게까지 온앤오프를 착용하고 있어야 하는데…. 그러면 부작용이 더 심해질지도 몰라."

진아는 야간 자율학습을 빠지기 위해 교무실을 찾았다. 하지만 선생님은 무척 강경했다.

"안 돼! 어떤 사정이 있어도 야간 자율학습을 빠질 수 없어."

야간 자율학습을 꼼짝없이 하게 된 진아는 부작용이 걱정되었다.

'야간 자율학습 때만 잠깐 온앤오프를 뺄까? 공부만 하니까 괜찮지 않을까?'

온앤오프 전원을 막 끄려던 참에 누군가가 진아 옆에 앉았다. 옆 반으로 가게 된 혜림이였다. 혜림이는 먼저 진아에게 눈인사했다. 진아는 온앤오프 전원을 켜둔 채 담담한 목소리로 물었다.

"우리 교실에는 무슨 일?"

"옆 교실 물이 새서 오늘만 잠깐 합반하기로 했어."

진아는 온앤오프를 만지작거렸다.

'괜찮아! 하루뿐인데. 부작용이야 금방 넘기면 돼.'

저녁 8시가 가까워지자 또다시 두통이 몰려왔다. 그런데 이날 두통은 평소와 달리 이상했다. 정확히 무엇이 이상한지는 알 수 없지만, 두통과 함께 속이 거북하고 불쾌했다. 마치 천장을 짚고 거꾸로 서 있는 듯한 기분이었다.

'혜림이랑 같이 있어서 감정이 많이 요동치나 보네…. 이걸 제어하려니 부작용이 더 심해진 것 같아. 괜찮아. 이제 2시간만 버티면 집에 갈 수 있어.'

쉬는 시간을 알리는 종소리가 울렸다.

"박진아, 이거 먹어."

혜림이가 미소를 띠며 장난스럽게 진아의 팔을 툭 치며 초콜릿을 내밀었다. 갑자기 왜 이러는지 진아로서는 도통 이해할 수 없는 노릇이었다. 진아는 혜림이가 내민 초콜릿을 바닥으로 던지며 말했다.

"뭐야! 이건 무슨 수작질이야?"

혜림이가 뿌루퉁한 목소리로 말했다.

"아니 그냥 간식이나 나눠 주려고 한 건데…."

"별꼴이야. 너 같으면 먹고 싶겠니?"

날카로운 진아의 반응에 눈치를 보던 혜림이는 자기 무리의 친구들을 데리고 어디론가 휭하니 사라졌다.

진아는 자신이 너무 심했다는 생각에 순간 미안한 마음도 들었다. 그동안 온앤오프 부작용에 시달렸던 스트레스를 몽땅 혜림이에게 쏟아부은 것 같았다.

'뭐 어때? 어차피 날 괴롭혔던 아이니까 내가 손해 볼 일은 없겠지….'

진아는 자리에 앉았다. 그 순간 두통이 멎으면서 졸음이 몰려왔다. 진아의 눈이 스르륵 감겼다. 얼마나 잠들었을까? 야간 자율학습 종료를 알리는 종소리에 눈을 떴다. 그런데 아까와는 달리 교실 분위기가 더 소란스러웠다. 이윽고 심각한 표정을 한 선생님이 들어왔다.

"어젯밤에 야간 자율학습 끝나고 조금 불미스러운 일이 있었던 것 같다. 학교 뒤에서 누가 뭔가를 휘두른 모양인데…. 그러다가 도망가서 얼굴은 못 봤다고 해. 아무튼, 경비도 더 강하게 하기로 했으니까 너무 걱정하진 말아라. 그래도 야간 자율학습 할 때 정 걱정되는 사람은 이따 선생님께 와서 말해라. 일주일 정도는 그냥 빼 줄게. 이왕이면 둘 이상씩 다니고!"

선생님이 나가고 아이들이 수군거렸다.

"다친 애가 혜림이라며?"

"진짜? 어떡해. 많이 다쳤데?"

"너무 무서워! 얘들아, 오늘 집에 같이 가자."

아이들이 삼삼오오 모여 귀가했다. 집으로 돌아가는 길에 진아는 생각했다.

'누가 그랬는지는 몰라도 인과응보네.'

집에 도착한 후 진아는 온앤오프를 빼고 침대에 털썩 누웠다. 그런데 '투악' 하며 뭔가 떨어지는 둔탁한 소리가 났다.

'응? 무슨 소리지?'

진아는 소리가 나는 곳을 바라보았다. 그곳에는 숨겨 놓았던 바이올린이 있었다. 바이올린의 끝 쪽에는 피가 흥건히 묻어 있었다. 진아는 온몸에 소름이 돋았다.

'이…. 이거 뭐야? 숨겨 놓은 건데 왜 나와 있어? 그리고 이 피는 뭐야?'

진아는 숨이 턱 막히는 듯한 느낌을 받았다. 무섭고 소름 돋는 느낌에, 서둘러 날짜를 확인했다. 자율학습을 했던 화요일이 아닌 하루 지난 수요일이었다. 화요일 야간 자율학습 때 잠이 든 이후로 아무것도 기억나질 않았다.

'설마 내가 한 건 아니겠지?'

생각이 거기까지 미치자, 손이 벌벌 떨렸다. 온앤오프를 뺀 이후라서 그런지 감정이 전혀 제어되지 않았다.

'안 돼! 수진이를 만나야겠어!'

7.

늦은 밤 진아는 온앤오프를 품에 안고 이모네 집으로 향했다. 버스를 타고 얼마나 달렸을까? 3층으로 된 아름다운 단독주택에 도착했다. 대문 앞으로 다가가자 역시나 문이 스르륵 열렸다. 그런데 지난번과는 다른 느낌이 들었다. 집이 적막했다. 집 안엔 아무것도 보이지 않고, 칠흑 같은 암흑과 적막뿐이었다. 몸을 전혀 움직이지 못하고 있던 진아의 등 뒤에서 이질적인 소리가 들려왔다. 바이올린 소리였다. 끊임없이 들려오던 바이올린 소리가 순간 두렵게 느껴졌다. 하지만 용기를 내서 고개를 내밀어 주변을 둘러보았다. 잘 보이지는 않았지만, 원피스를 입은 누군가가 바이올린을 연주하고 있었다. 진아의 온몸이 부들부들 떨렸다. 뛰쳐나가고 싶었지만 무언가가 진아를 붙잡았다. 발을 뗄 수가 없었다.

여자는 계속해서 바이올린을 연주했다. 박자가 점점 빨라졌다.

여자는 미친 듯이 활을 움직였다. 그 속도를 감당하지 못해 바이올린 줄이 끊어졌다.

'챙!'

소리가 집 안에 울려 퍼졌다. 여자가 고개를 돌렸다. 누군가와 아주, 아주 많이 닮았다. 갈색 눈동자의 수진이였다. 수진이가 히죽 웃었다. 진아의 온몸에 소름이 돋았다. 진아는 자신도 모르게 뒷걸음질 쳤다.

그 모습을 본 수진이가 물었다.

"왜 도망가는 거야? 날 찾았잖아."

진아는 수진이를 밀쳤다. 아니 밀치려 했다. 하지만 손에 닿는 것이 없었다. 진아는 깜짝 놀라 눈을 크게 떴다. 수진이는 진아의 놀란 모습을 보며 크게 웃었다.

"미안. 날 만질 수 없을 거야. 지금 보이는 나는 홀로그램이거든. 진짜 나는 죽은 지 오래됐어. 한 5년쯤?"

"죽었다고?"

수진이가 히죽 웃었다. 진아는 엄청난 공포감에 사로잡혔다. 수진이는 미소를 띠며 말했다.

"부작용 때문에 나를 찾아왔지? 사실 온앤오프에는 다른 기능이 하나 있는데 바로 인격 심기야. 인위적으로 다중인격을 만드는 거지. 네가 온앤오프를 착용하는 동안 다중인격이 되어 가고 있던 거야."

순간 진아는 꿈속에서 시원하고 달콤한 향기가 나던 것이 무엇인지 깨달았다. 그것은 수진이에게서 나던 향기였다. 그 향기가 진아의 손을, 다리를, 몸통을 그리고 마지막으로 머리를 차지하게 된 것이었다.

진아가 나지막이 울부짖었다.

"그…. 그럼 다른 인격이 바로 너야?"

수진이가 고개를 끄덕였다. 순간 극심한 두통이 머리를 강타했다. 두통 때문에 손발이 떨릴 정도였다. 진아는 정신을 잃고 쓰러지고 싶었다. 하지만 직감적으로 깨달았다. 절대로 정신을 잃으면 안 된다는 것을 말이다. 진아는 주머니에서 볼펜을 꺼내 자기 허벅지를 찔렀다. 고통 때문인지 순간적으로 두통이 옅어지는 느낌이 들었다. 그 순간 진아는 억지로 온앤오프를 떼어 냈다. 그러자 수진이가 비명을 질렀다.

"으, 으으아악!"

진아는 보았다. 수진이 목이 완전히 반대로 돌아가 있는 것을 말이다. 진아는 죽을힘으로 복도 저편까지 뛰었다. 수진이가 천천히 진아를 쫓아왔다. 수진이 표정은 몹시 화가 난 듯 보였다.

끄으윽. 수진이는 느리고 비틀거리는 발걸음으로 진아에게 다가왔다.

"이건 꿈이야 꿈…."

진아가 눈물을 흘리며 중얼거렸다.

'쾅!'

그와 동시에 둔탁한 소리가 나며 진아가 복도에 쓰러졌다.

"헉…. 헉…."

진아는 식은땀을 줄줄 흘리며 주변을 둘러보았다. 침대 위에 누워 있었다.

다정한 표정을 띤 보건 선생님이 다가왔다.

"어머…. 진아야, 괜찮은 거야? 너 수업 중에 갑자기 쓰러졌어."

진아는 가슴을 쓸어내렸다. 모든 게 꿈이었다.

"이제 괜찮은 것 같으니 다행이다. 좀 쉬다가 가렴. 나는 회의가 있어서 나가 볼게."

선생님이 보건실 문을 닫았다. 보건실에 진아 혼자 남겨졌다. 그 순간 문득 익숙한 향이 코끝을 스쳤다. 진아의 온몸에 소름이 돋았다. 그때 어딘가에서 바이올린 연주 소리가 들려왔다.

작가의 말

〈온앤오프〉는 사소한 질문, '만약 얼굴을 성형하는 것처럼 성격도 성형할 수 있다면 어떻게 될까?'에서 시작되었습니다.

많은 사람이 성격 때문에 고민합니다. 특히 청소년기에는 성격에 관해서 고민을 많이 합니다. 요즘 MBTI가 인기를 끄는 것도 그런 이유 중 하나이지요.

과학 기술이 발전되고 있는 현시대에, 멀지 않아서 소설에서처럼 성격을 변환할 수 있는 기계가 상용화될 날도 멀지 않았다고 봅니다. 성격을 바꾸는 일 자체는 나쁘지 않다고 생각합니다. 하지만 무엇이든 급격하게, 그리고 목적성이 불분명한 상태에서 이뤄진다면 부작용이 생길 수밖에 없습니다. 그래서 소설에서 충분한 고민 없이 이뤄지는 성격 변화가 주는 부정적인 면을 다루어 보고자 했습니다.

소설을 읽으면서 앞으로 성격을 마음대로 바꿀 수 있는 미래에 관해서 한번 생각하길 바랍니다.

정경원 책 읽기를 좋아하고 공상을 좋아하는 사람. 초등학교에서 아이들을 가르치면서 글을 쓰고 있다. 지은 책으로는 《한국사를 이끈 리더들》(6, 8, 9권), 《거인의 나라로 간 좌충우돌 탐정단》, 《편의점을 털어라!: 수학편》이 있다.